趣味着の哲学

湯浅洋一
YUASA Yoichi

文芸社

目次

▼第一章　日本を見つめて

▼第二章　研究・随想——経済と哲学を中心に

▼第三章　研究――数学・物理学

▼第一章　日本を見つめて

天皇家

天皇制とは、天皇職に就任する者を、ある特定の家系の者たちに一任する制度である。つまり、一族で天皇位の役職を引き受けるべきことが義務づけられている、そういう制度である。（別格義務）

天皇は、職務・職位の引受義務以外は、他の国民全般の家系と同じであって、引受義務の故に特別待遇を受けることもなければ、何らかの付加的な義務も課されることのないはずのものである。

普通は会社の部長と課長との関係のごとく、皆適材適所の原理に基づいて、各地・各職に配置されている。そういう意味で、天皇職も一般国民と何ら変わるところのないポストである。ただそれが特定の家系だけに限定されている点が違っている。（同格権）

より厳密な言葉を使えば、天皇職の法律的本質は、別格義務と同格権の重ね合わせの本質を持つ。別格義務と同格権が、同じ象面で成り立つ同位体ということであろう。

だから、同じような論理を押し通せば、藤原家は代々摂関の役職を引き受けるべき義務を負うということになる。どこに対して負う義務か？　国家に対して負う義務か？　または、天皇家に対して負う義務か？　ここから先は、二つの学説が成り立ち得るであろう。

彼ら藤原道長にしても藤原鎌足にしても、天皇家が国家という装置を離れた後でも唯々諾々として天皇家に仕《つか》えるということは、およそ考えられない以上、やはり藤原家は藤原家の仕方で、国家に対し統治義務を負っているものと考えなければならない。そうでなければ、藤原氏は天皇家の単なる私的なサーバント（召使い）と異なるところはないということになるからである。以上のような意味で、藤原家は国家に対し、摂関（＝摂政・関白）の役職を引き受ける義務、つまり別格義務を負うのである。

天皇家は、常に天皇候補者を一族の中から送り出さなければならない義務を、国家に対して負っている。国家の元首という呼び方は、ここから来るのかもしれない。

この伝でいけば、将軍制がたけなわの頃は、将軍家から将軍職を引き受けるべき者を輩出する義務を、将軍家は国家に対して負っていたものと言うことができよう。

大名家は、将軍家の持つこのような、伝来的な集中能力に由来する地方分岐権を有していたものと言うことができる。

そして、君主制と並行して、家産制という財産権に関する私法秩序を形成していた。たとえば土佐の長宗我部元親百か条など。

これが封建制の本質でもある。諸侯を各領土に封ずる、ということがこれであるし、将軍による大名家取りつぶしは、単なる圧力ではなく、権力そのものであったのである。
以上、日本原理主義の中味について、少しばかり述べてみた。

日本国憲法改正案（天皇制の部分）

第一章　天皇

第一条　天皇は、日本国の代表であり、日本国民統合の象徴であって、この地位は、主権の存する日本国民の総意に基く。

第二条　皇位は、世襲のものであって、国会の議決した皇室典範の定めるところにより、これを継承する。

第三条　天皇及び皇族は神聖であるから、その名誉を侵害してはならない。

第四条　①天皇の国事に関するすべての行為には、内閣の助言と承認を必要とし、内閣が、その責任を負う。

②天皇が必要と認めるときは、内閣総理大臣の特別補佐官として、太政大臣を閣議に出席させることができる。

第五条　皇室典範の定めるところにより摂政を置くときは、摂政は、天皇の名でその国事に関する行為を行う。

第六条　天皇は、内閣の助言と承認により、国民のために、左の国事に関する行為を行う。

一　憲法改正、法律、政令及び条約を公布すること。
二　国会を召集すること。
三　衆議院を解散すること。
四　国会議員の総選挙の施行を公示すること。
五　国務大臣及び法律の定めるその他の官吏の任免並びに全権委任状及び大使及び公使の信任状を認証すること。
六　大赦、特赦、減刑、刑の執行の免除及び復権を認証すること。
七　栄典を授与すること。
八　批准書及び法律の定めるその他の外交文書を認証すること。
九　外国の大使及び公使を接受すること。
十　儀式を行うこと。

第七条　①天皇は、国会の指名に基いて、内閣総理大臣を任命する。
②天皇は、内閣の指名に基いて、最高裁判所の長たる裁判官を任命する。

第八条　①天皇は、国会の指名に基いて、会計検査院の長たる検査官を任命する。
②皇室（天皇及び皇族をいう。以下同じ）が、国会の議決に基いて財産を譲り受け、若しくは賜与するときは、会計検査院による検査を受けなければならない。

民法改正案

第三節　夫婦財産制

第七五五条　夫婦は、その資産、収入その他一切の事情を考慮して、婚姻から生ずる支出を分担する。

第七五六条　夫婦の一方が日常の家事に関して第三者と法律行為をしたときは、他の一方は、これによって生じた債務について、共に連帯してその責任を負う。ただし、第三者に対し責任を負わない旨を予告した場合は、この限りでない。

第七五七条　①夫婦の一方が婚姻前から有する財産及び婚姻中自己の名で得た財産は、その夫又は妻の特有財産とする。

②夫婦のいずれに属するか明らかでない財産は、その共有に属するものと推定する。

第七五八条　①夫婦の一方又は両方が、婚姻中得た財産は、その夫婦の共有とする。

②婚姻の届出前に、夫婦がその財産について別段の契約をしていたときは、その財産関係は、第七五九条及び第七六〇条による。

第七五九条　夫婦が法定財産制と異なる契約をしたときは、婚姻の届出までにその登記をしなければ、これを夫婦の承継人及び第三者に対抗することができない。

第七六〇条　夫婦の財産関係は、婚姻の届出後は、変更することができない。

第七六一条　①夫婦の一方が、他の一方の財産を管理する場合において、管理が失当であったことによってその財産を危うくしたときは、他の一方は、自らその管理をすることを家庭裁判所に請求することができる。

②共有財産については、前項の請求とともに、その分割を請求することができる。

第七六二条　前条の規定又は夫婦間においてその財産に関する特段の契約をした結果により、財産の管理者を変更し、又は共有財産の分割をしたときは、その登記をしなければ、これを夫婦の承継人及び第三者に対抗することができない。

参議院の改革

参議院は、国権の最高機関である国会の一翼を成す。この参議院を改革しようという提案をこれから論述するのであるが、片翼とは言え国権の最高機関を改革するのであるから、主権者以外には実行できないことは明白である。国権の高等機関と目される行政機関や司法機関にできる事柄ではない。主権者が自《みずか》らの持つ主権を行使することを通して実行するのである。具体的に言えば、憲法を改正することによって実行していくのである。もちろん、改悪的改正ではなく改善的改正である。

どのような改正かと言えば、従来のように衆議院と参議院がほとんど目立った違いを持たない同じような議事機関ではなく、参議院にふさわしい独自性を持たせる改革を行うのである。

それは、参議院をプロレタリア独裁の機関とするのである。衆議院は今までどおりであり、議会制民主主義の基本型は守られることとなる。

つまり、共産党の一党独裁は拒絶し、参議院のみプロレタリア独裁の機関とする案である。しかも参議院ももちろん、国会の一部であるから国権の最高機関であることに間違いはない。ただ、参議院で議決しただけでは単独可決に過ぎないから、国会の正式の議決とするには衆議院の可決をも要することとなる。両院の議決があってはじめて、国会の正式の議決となるからである。

このように、参議院のみプロレタリア化すれば、議会制民主主義を破壊することなく、プロレタリア独裁を実現することができる。しかも、共産党一党独裁のような強引な荒業《あらわざ》を使わずしてである。

複数政党制と相まって、従来の議会制民主主義の妙味（特に衆議院の解散制）を廃絶することなく、社会主義へ移行するにはこの方法しかない。つまり、俗に言うようにいいとこ取りをするというわけである。

この案だと、共産党を独裁機関とすることなしにプロレタリア独裁を生み落とすことが可能となり、プロレタリア主権が成立する。共産党主権とは言い難い正真正銘の、プロレタリアートの実権である。実質的主権者としてプロレタリアが確定され、形式的主権者として国民が確定される。

実質的主権者であり形式的主権者である当人をどう呼ぶかは、すぐれて解釈論の問題であろう。あるいは、この当人を「住民」という概念に委ねて、住民主義と呼ぶことも可能であるかもしれない。

明治憲法では「臣民」と呼ばれていた有権者は、日本国憲法では「国民」と呼ばれ、革命直後である今は、「住民」と呼ばれるようになるのかもしれない。そうなれば、ここに住民主権が誕生し、主権が置き替わることになる。住民は、住民票に登録されている。

この参議院改革は、ロシア革命直後のソビエトに相当するのだろうか。

改革された参議院では、労働政策をはじめ経済政策を主として集中的に審議し、その結論は、予算と同じく、「教書」として議決されたならば、国権の高等機関たる内閣に回付されることになる。ここで経済労働政策や経営指針などとして各民間単位に降りてくる。いよいよ計画経済が始まるのである。

具体的にどう改革するか。今の段階では、まだ選挙区のことぐらいしか思い浮かばないが、たとえば日本全国を7～10個ぐらいの地域経済圏に分け、それをそのまま参議院の全議席の選挙区の割り当てとする。比例代表選出議員については変化はない。選挙区選出議院の150人だけが変化をこうむる。任期は6年で解散制はないという点も変わらない。

こうすれば、地域経済圏がストレートに計画経済の立案機関かつ実行機関となるであろう。地域経済圏は、九州経済圏、瀬戸内経済圏（＝中国地方と四国地方）、近畿経済圏、中部経済圏、関東経済圏（中央経済面は、また別の側面）、東北経済圏、北海道経済圏の七個に分けるのも一つの方法であろう。各経済圏（これは特別地方公共団体として設立されるだろう）ごとに選出される参議院議員数は、公職選挙法で規定される。

普通地方公共団体としては、47個の都道府県で住民主権の足場を構成する。

要するに、一言で言えば、地方自治を活性化させるのである。各住民は（そして国民全員は）47個の都道府県のいずれかに住んでいるから、それらの全住民を足し合わせたものは、国民全員と同じものである、ということになる。

かく組織化しておけば、4～5年先には7個のコンビナートが育つであろう。いわば、「日本列島改造論」の社会主義版である。あるいは、格好の成長政策と言えるかもしれない。日本国土の隅々まで底上げすることが、GDPの数値を増大させていくカギとなる。かつ、併せて郷土に対する愛着度を高め、愛国心（あるいは祖国愛）を増強させることにつながっていくと考えられるのである。

地方自治体間の権力バランスの平均化にも役立つであろう。

条約十か条——日米安全保障条約を読んで

第一条　締約国は、国際連合憲章に定めるところに従い、それぞれが関係することのある国際紛争を平和的手段によって国際の平和及び安全並びに正義を危うくしないように解決し、並びにそれぞれの国際関係において、武力による威嚇又は武力の行使を、いかなる国の領土保全又は政治的独立に対するものも、また、国際連合の目的と両立しない他のいかなる方法によるものも慎むことを約束する。

②締約国は、他の平和愛好国と協同して、国際の平和及び安全を維持する国際連合の任務が一層効果的に遂行されるように国際連合を強化することに努力する。

【感想】紛争関係国との紛争を納める方法としては、暴力的手段によるのではなく、平和的手段によることを外交原則とすること。武力に訴えたり、武力を今にも行使するかのようにちらつかせたり、戦争手段を優先することは、ないということ。これは、日本もアメリカも条約当事国として守らなければならない義務とされた。ここから、日本の外交方針は、国際社会についての二つの考え方の相違により、国連本位と米国本位の二通りに分かれる。この第一条は、以下の条文を主導する法規範とも言うべきもの。

第二条　締約国は、その自由な諸制度を強化することにより、これらの制度の基礎をなす原則の理解を促進することにより、並びに安定及び福祉の条件を助長することによって、平和的かつ友好的な国際関係の一層の発展に貢献する。締約国は、その国際経済政策における違いを除くことに努め、また、両国の間の経済的協力を促進する。

【感想】両国のそれぞれは、経済の自由と福祉の充実に努めなければならない。そのことが国際信義則に叶う、ということらしい。経済面に一体性と整序性を持たせることによって、腹蔵のない外交関係を築き上げたいということのようだ。

第三条　締約国は、個別的に及び相互に協力して、継続的かつ効果的な自助及び相互援助により、武力攻撃に抵抗するそれぞれの能力を、憲法上の規定に従うことを条件として、維持し発展させる。

【感想】防衛力の維持・発展は原則として自助とし、着実に行うべきこと。その増強の速度及び規模については、自国の最高法規である憲法に従うべきこと。「維持し発展させる」と書いてあるだけで、「維持し、縮少する自由」までは認めない趣旨なのだろう。

憲法上の規定に従うべきは当然のことだ。兵力の補充をねらいとしているようだが、日本人の兵力が充実してきた場合に、アメリカの兵員が少なくなっていっても不思議ではない。完全な肩代わりも可か？

第四条　締約国は、この条約の実施に関して随時協議し、また、日本国の安全又は極東における国際の平和及び安全に対する脅威が生じたときはいつでも、いずれか一方の締約国の要請により協議する。

【感想】日本国の存立が害されそうな時には、時の内閣の要請さえあれば、アメリカは兵力を提供する、という意味だろう。

第五条　各締約国は、日本国の施政の下にある領域における、いずれか一方に対する武力攻撃が、自国の平和及び安全を危うくするものであることを認め、自国の憲法上の規定及び手続に従って共通の危険に対処するように行動することを宣言する。

【感想】この条文は、日本の領域（領土、領海、領空）内に既にアメリカ軍の使用する基地が存在していることを当然の前提として作られている。

②前記の武力攻撃及びその結果として執ったすべての措置は、国際連合憲章第五十一条の規定に従って直ちに国際連合安全保障理事会に報告しなければならない。その措置は、安全保障理事会が国際の平和及び安全を回復し及び維持するために必要な措置を執ったときは、終止しなければならない。

【感想】これは当然の規定だ。アメリカには秘密裏に事を運ぼうとする意図はないようだ。やはり、オープンで民主主義的な手続の進め方だ。アメリカ軍は、一時的なつなぎの軍隊として終始し、可能となり次第、国連軍に引き継ぐつもりのようだ。別に怪し気なところはない。

第六条　日本国の安全に寄与し、並びに極東における国際の平和及び安全の維持に寄与するため、アメリカ合衆国は、その陸軍、空軍及び海軍が日本国において施設及び区域を使用することを許される。

【感想】第一条によって、在日アメリカ軍を、少なくとも当事国同士では、国際紛争を解決するために用られるべき平和的手段だと考えるなら、それは平和維持軍だというこことになるだろう。第七条のような、国連との密着度を大切にする規定があるということも、平和維持軍としての性格を証拠立てている。

②前記の施設及び区域の使用並びに日本国における合衆国軍隊の地位は、千九百五十二年二月二十八日に東京で署名された日本国とアメリカ合衆国との間の安全保障条約第三条に基づく行政協定（改正を含む。）に代わる別個の協定及び合意される他の取極により規律される。

第七条　この条約は、国際連合憲章に基づく締約国の権利及び義務又は国際の平和及び安全を維持する国際連合の責任に対しては、どのような影響も及ぼすものではなく、また、及ぼすものと解釈してはならない。

【感想】この日米安全保障条約は、あくまで国連中心主義の枠内にあるという立場を明確にしている。

第八条　この条約は、日本国及びアメリカ合衆国により各自の憲法上の手続に従って批准されなければならない。この条約は、両国が東京で批准書を交換した日に効力を生ずる。

第九条　千九百五十一年九月八日にサン・フランシスコ市で署名された日本国とアメリカ合衆国との間の安全保障条約は、この条約の効力発生の時に効力を失う。

第十条　この条約は、日本区域における国際の平和及び安全の維持のため十分な定めをする国際連合の措置が効力を生じたと日本国政府及びアメリカ合衆国政府が認める時まで効力を有する。

②もっとも、この条約が十年間効力を存続した後は、いずれの締約国も、他方の締約国に対しこの条約を終了させる意思を通告することができ、その場合には、この条約は、そのような通告が行なわれた後一年で終了する。

軍事行政組織法（案）

第一編　総則

第一章　通則

第一条　日本国の正規軍は、自衛隊と称する。

第二条　自衛隊は、日本国民の主権に基づき、自衛のためにのみ、行動するものとする。

第三条　自衛隊が行使する自衛権は、日本国の領土・領海・領空（以下「領域」という）の範囲に限る。

第四条　①自衛権は、国民生活の平和と安定を目的として行使されるものでなければならない。

②防衛に係る国務大臣が、自衛権の行使を停止するときは、国会の停戦決議を得るのでなければならない。

第五条　①自衛隊が自衛権の行使を続行する場合においては、国際社会の信頼を失うものであってはならない。

第六条　②自衛権の乱用は、絶対に禁止される。

武器、兵器その他の軍事手段は、国有財産であるから、ことさら粗末に扱うことがあってはならない。

第二章　組織

第七条　自衛隊の編成原理は、「日本の　日本人による　日本人のための　軍隊」という自主権の理念に基づく。

第八条　自衛隊が陸上義勇兵（以下「民兵」という）を含むに至ったときは、ともに自衛官とし、賃金も労働条件も同一待遇とする。

第九条　①総統、副総統及び防衛に係る国務大臣の三人により軍部を構成する。

②総統、副総統及び防衛に係る国務大臣の三者は、ともに文官でなければならない。

第十条　①防衛省の官僚首位者を事務次官とする。

②防衛省の幕僚首位者を統合幕僚長とする。

③防衛省の幕僚次長は、陸上幕僚長、海上幕僚長及び航空幕僚長の三名とする。

第十一条　①武官の最高会議を幕僚会議とし、実戦方針を決定する。
②幕僚会議の議長を統合幕僚長とし、その議員を陸上幕僚長、海上幕僚長及び航空幕僚長の三名とする。
③幕僚会議の下に、幕僚内府（略称は幕府とする。以下同じ）を置く。
④幕府は、陸上自衛隊、海上自衛隊、航空自衛隊の三者編成による実戦部隊を統轄する。

第三章　手続

第十二条　日本国政府（以下「政府」という）が他国から宣戦布告を受け、その応戦意思を通告（以下「応戦布告」という）するときは、国会の議決を受けなければならない。

第十三条　①国会の議決は、衆議院及び参議院の両議院で行うものとする。
②前項の議決は、他国から通告された宣戦布告文に対する応諾又は拒絶をもってするものとする。
③外交案件の一つとして、内閣が国会に提出した宣戦布告文の審議については、衆議院及び参議院で、できるだけ早く行わなければならない。この場

合において、両議院での審議は同時に開催するものとする。
第十四条　敵国との戦時条約法に関する国際法規は、誠実に遵守しなければならない。
第十五条　敵国との終戦協定を締結するときは、国会の議決を得た上で、総司令官たる総統が、国民に宣言することにより行うものとする。
第十六条　自衛隊の内部で発生した事案については、民事法廷及び刑事法廷とは別に、政事法廷で審理するものとする。
第十七条　①自衛隊を再建するときは、国会の議決を得ているのでなければならない。
この場合においては、国会は、秘密会であることを常例とする。
②前項の適用を受ける自衛隊の兵士は、機密裏に募集するものとする。
第十八条　この軍法は、戦場の無法に、公共の福祉のための法の支配が確立されることを願って、制定されたものである。

第二編　自衛隊

第一章　各則

第十九条　以下の規定は、自衛隊の任務、自衛隊の部隊の組織及び編成、自衛隊の行動及び権限、隊員の身分取扱等を定めることを目的とする。

（第二十条以下は、現行自衛隊法第三条以下を、そのまま接続する）

いつの日にか、自衛隊が救世軍とならむことを‼
南無阿無　神尊

宮廷革命

大日本帝国憲法は、同憲法第73条の規定に従って適正になされた改正手続を経て、全面改正された。その結果出てきたのが、現行の日本国憲法である。

そして、時の天皇は、勅語をもって「深くよろこび」、この日を迎える旨を告示している。その日が昭和21年11月3日である。この11月3日から6か月を経過した日、すなわち昭和22年5月3日（＝憲法記念日）より施行された。この5月3日を起点として、日本国憲法は有効に機能し始めることとなったのである。

普通、憲法前文と言われている部分は、この日本国憲法の拠って立つ根拠、政治思想を述べたものであり、第1条以下の本格的な法規定を下から支える、憲法の中心概念ないし根本思想を述べている。憲法の三大原則（3本の大黒柱）と言われる、「自由主義、民主主義、平和主義」の3点セットである。ただ、この3点セットを下の方へ掘り下げていっても、別に経済の根本原理が出てくるわけではない。したがって、特に経済が法律概念や政治思想を、根本的な意味で規定しているという証拠はない。今回この三大原則に、社会主義の原則が加わり、「自由主義、民主主義、平和主義、社会主義」の4点セットになりそうである。

このような日本国憲法は、どのようにして成立したか？

以下推測ではあるが、私の見解を述べてみよう。

天皇裕仁と大日本帝国臣民とで基本的に構成されていた日本の国家体制は、その長男義仁親王の反逆により、天皇位は、裕仁から義仁に一旦移って、天皇義仁が実現した。この期間に、大日本帝国憲法第73条の手続により、帝国憲法の改正審議が、合法的に正式に衆議院と貴族院とでなされた。その結果、大日本帝国憲法の全面改正案が衆議院と貴族院を通過し、天皇義仁が新しい日本国憲法全文を読み上げることにより、新憲法（＝日本国憲法）が制定公布された。

続けて、天皇義仁は退位し、天皇位を裕仁に返還し、裕仁は再び天皇位に即く（＝就任する）ことにより、重祚した。この時に、家来たる被支配者（＝臣民）が、臣民の身分を脱し、日本国憲法下の国民たる身分を一括取得した。

このようにして、

（天皇、臣民）の組み合わせが、

（天皇、国民）の組み合わせに切り替わった。

（天皇、臣民）の国家体制が、

（天皇、国民）の国家体制に完全に切り替わって、一連の宮廷革命は終了した。

新憲法成立時の立法事実は以上の通りであると推定する次第である。

民族社会主義

日本では長く、自由民主主義の党（自民党）が政権を握っている。これに対し、野党は四分五裂の状態である。この四分五裂の状態が、日本を不幸に陥れているのだ。

今、この不幸な事態に終止符を打ちたい。それは、どのような考え方によって可能となるか？　ズバリ言ってみよう。民族社会主義という考え方を通すことによってである。つまり〈民族主義＋社会主義＝民族社会主義〉を通過することによってである。この民族社会主義こそ、自由民主主義と真向から対決し肩代わりしていける強大な、粘り気のある思想体系となるであろう。この思想的核心は、物質的に恵まれた民族主義精神で貫かれている、という点にある。日本でも、この民族社会主義社会は、十分に実現可能である。むしろ、日本でこそ民族社会主義社会は、実現されなければならない。

日本の大騒動は、今やイデオロギー闘争の段階に入った。

自由民主主義のイデオロギーは、耐用年数ぎりぎりの剣が峰に立っている。だから、自由民主主義は選手交代をしなければならない。自由民主主義の次に登場すべきランナーは何者がよいか？　天孫民族とまでかつて言われたことのある日本人には、社会主義に民族主義を加味した民族社会主義が最も適切であろう。自由民主主義は平穏裏に、民族社会主義にバトンタッチをしなければならない。自由民主主義の味気なさは、民族社会主義によってしか満たされないはずである。

しかし、自由民主主義の枠を残したままで民族社会主義によってさらに味付けをするには、政治思想としては、複数政党制はそのまま維持するのでなければならない。一党独裁を可能にしてしまうような単数政党制は、厳に慎まなければならないのである。このことは、発達した民主主義国である日本には不可欠のことである。ゆえに、議会制民主主義もそのまま維持されるべきである。与野党構造は、政治弁証法を正常に機能させる唯一の本質的な構造だからである。

しかも、衆議院の解散制度を通じて、常に主権者たる国民の意向を確かめながら、歩調を合わせていくのが賢明な行き方である。

シンボリック・ステイタスと考えられる天皇としても、やはり、その時ごとの民意が奈辺にあるかを見究めるためには複数政党制が便利なのである。

愛という尺度で考えれば、民族主義は同胞愛の世界であり、社会主義は隣人愛の世界である。その「愛ある社会」を創造する党こそ、次に来《きた》るべき社会の与党となり、内閣を形成すべきなのである。理念型的に名づけるとすれば、「民族社会党」（略称は民社党か？）と言ったところか。ヨーロッパで言えば、「キリスト教民主同盟」とか「キリスト教社会同盟」などが、この部類に属する。

これらの党派と、我が民族社会党という党派とを結びつけるのは、社会連帯主義という思想のみであろう。社会人は社会人同士で腕を組み、それぞれの立場で同一歩調を取ることが要請される。

労働政策面では、労働民主主義の立場を取る。労働法の分野では、労働人格権こそが中核概念だからである。したがって、意思決定は上意下達ではなく、下意上達を本意とする。

ついでながら、労働基準法は労働人格法であり、労働組合法は労働階級法である。この二つが、労働行為に基づく労働関係を形成する要因となる。労働関係を破壊しようとする動きは、不当労働行為と呼ばれる。

労働関係は、労働者と他の労働者との関係を指し、労働者と資本家（及びその代理人たる経営者）との関係は、労使関係と呼ばれる。労働者と使用者との関係だからである。

この伝で行けば、労働契約法は、労働者資格法と考えられよう。

さてここで、民族主義について考えてみよう。

民族主義は、天皇主義とは異なる。天皇主義は、普通、専制主義を指し、したがって天皇専制を意味するからである。しかし、天皇専制ともなれば、天皇に仕事が集中し、他の者は、この大騒動の結果、仕事が楽になっているのに、一人天皇だけ仕事がふえて、残業に継ぐ残業をしなければならず、天皇は仕事過重で残業を過度に負わされて、卒倒するという形になるであろう。したがって民族主義と言っても天皇主義を採用することはできない。

とすれば、採用できる民族主義はどのような形を取るべきか？

今現在採用すべき民族主義は、「ふるさと納税」の政策が好調であったところから考えて、ふるさと経済方式がよいであろう。ふるさとの経済がどこもかしこも栄えるようになれば、それを47個足し合わせれば、自動的に国の経済は回復することになるはずだからである。

ふるさと納税政策を受けて、政策的連続性を保ちながら、次世代の国家体制を考えるなら、自民党とは違った民族主義を提供しなければならない。それは確かにある。草の根民族主義である。祭りや特産物の文化である。地道な庶民のレベルからの民族主義である。

経済政策としては、ふるさと経済を豊かにすることである。みんなが、それぞれの立ち位置で全力を出し合えば、それだけで日本全国の経済は徐々に回復してくるであろう。政策の成果如何によっては、地方自治に関する憲法の第八章を、地方自治だけでなく、住民政府の構成にまで拡大充実させることを考えてもよいであろう。

この草の根民族主義こそ、我々日本民族に暖かくほほ笑みかけてくれる日光なのである。

民皇制について

現行天皇制を廃止して、新たに「民皇制《みんのう》」という選挙王制を採用すればどのような条文になるか、読者に呈示してみよう。この選挙王制は、欧米の神聖ローマ帝国で実施されたことがあるように記憶している。

記

日本公国憲法案

第一章　民皇

第一条　日本公国は、日本人の承認を受けた民皇が統治する。

第二条　民皇は、日本公国の代表であり、日本人の象徴であって、この地位は神聖不可侵である。

第三条　皇位は、皇室典範の定めるところにより、世襲子たる皇太子につき特段の承認投票を経ることを必要とする。

②前項の承認投票において、有効投票総数の三分の一以上の多数による信任を得たときは、皇太子は、確定的に民皇となる。

第四条　民皇の国務行為には、内閣の助言と承認を必要とする。

第五条　民皇は、国会の指名に基いて、内閣総理大臣を任命する。

②民皇は、内閣の指名に基いて、最高裁判所の長たる裁判官を任命する。

第六条　民皇は、内閣の助言と承認により、左の国務行為を行う。

一　憲法改正、法律、政令及び条約を公布すること

二　国務大臣及び法律の定めるその他の官吏の任免を行うこと

三　全権委任状並びに大使及び公使の信任状を認証すること
四　大赦、特赦、減刑、刑の執行の免除及び復権を認証すること
五　栄典を授与すること
六　批准書及び法律の定めるその他の外交文書を認証すること
七　外国の大使及び公使を接受すること
八　儀式を行うこと
第七条　民皇は、必要と認めるときは、内閣総理大臣の特別補佐官として、太政大臣を派遣し、閣議に出席させることができる。
第八条　民皇は、国会の指名に基いて、会計検査院の長たる検査官を任命する。

瓦版《かわらばん》

衆議院選が今たけなわである。近くの小学校で政治演説会が行われている。会場には、YESの立場の人とNOの立場の人が、聴きに来ている。恐らく家でテレビを見ている人たちは、保留の立場なのであろう。YESの人もNOの人も保留の人も皆有権者である。

中には、高校生らしき人もいる。もちろん、高校生たちも、よちよち歩きの幼女たちも、有権者ではないが、日本国民である。

演説が始まった。

安倍晋三首相が長期にわたり重責を果たしたことに敬意を表し、心から病気回復をお祈りする。

（ははあー）

ただ、第二次安倍政権以降の憲法に対する姿勢は、批判せざるを得ない点が多い。

（なるほど）

批判的検証を受けるのは、首相の責任の一つである。病気だからと検証を曖昧にしては、ここまで務めを果たした安倍氏に対しかえって失礼になる。

（うむー）

安倍政権の憲法への向き合い方を振り返り、検討してみたい。

（うぃー、面白っ）

第二次政権が発足してすぐの２０１２年末、首相は、憲法96条の定める改憲発議要件を、総議員の３分の２以上から過半数に緩和すべきだと主張した。これが実現すれば、与党のみの賛成で改憲発議や国民投票のタイミングを与党が思うままに設定することさえできるようになる。

（なーるほど。こいつは本格的だ）

つまり、96条の改憲提案は、他の改憲提案とは質が異なっていて、憲法が保障する基本的人権や三権分立の根幹を、党派的な考えで変えてしまう危険を伴うものだった。

（それはそうだな。それでどうしろと言うんだ）

この主張は、改憲派の一部からも批判を受け、一旦沈静化した。憲法96条をめぐる一連の経緯は、立憲主義つまり「国家権力は、人権保障と権力分立を規定した憲法により統制されねばならない」という立憲主義への国民の関心をますます高める結果となった。また、一部の国民に対しては、安倍政権に対する根本的不信感を植え付けたように思う。

（なるほどね。やっこさん、やるじゃねーか。こりゃ衆議院選は楽勝だぜ）

14年から15年は、集団的自衛権の行使容認をめぐって乱暴な姿勢を示すことが目立った。

（だが、やっこさんに聞きたいがねー。集団的自衛権て、相互的自衛権なんかい、あるいは補助的自衛権なんかい。うん？　補助的という言葉の意味かい。ああ、いつでもアメリカさんに助けを求められる、という意味だよ。もちろんな。そうでなくっちゃ、やつと手を組む意味がないじゃねーか）

政府は「生命、自由及び幸福追求に対する国民の権利」は、「国政の上で、最大の尊重を必要とする」と定めた憲法13条を根拠に、日本国が武力攻撃を受けた場合に、自衛力つまり自衛のための必要最小限度の実力ってものは行使することは別に9条に反しないと解釈してきた。

(うむ？　13条？)

他方、憲法13条は、外国を防衛せよとは書いていない。

(阿呆ではないか？　そんなこと当たり前じゃ)

日本が武力攻撃を受けていない段階での武力行使を、憲法13条を根拠に認めてしまうのは、まだ武力攻撃を受けていないのだから、やはり無理がある。

(アハハ、阿呆かい。当たり前もいいとこ。阿呆もいい加減にせんかい。頭、張っ倒すぞー)

しかし、安倍政権は15年、集団的自衛権の行使を容認するため、自衛隊法を改正した。

(ほー。いよいよかい。日本人もワシントンやニューヨークを守りに馳せ参じる時代になったんだな。アメリカの家来もいいとこってわけだ)

多くの法律専門家は、憲法解釈論をいくら駆使してもこのような結論は導けず、こうした自衛隊法改正は憲法上許されないと強く非難した。

(そりゃ、当たり前じゃないかい。毎日、仕事が忙しいのに、なんで急にワシントンやニユーヨークを守りにすっ飛んで行かなけりゃならねーんだい。暇人《ひまじん》じゃないか、こいつ。阿呆か。こいつまでおボッちゃんかい。この頃は、おボッちゃんが多くなったなー。笑いがこぼれらーな）

集団的自衛権を行使したいなら、正面から憲法9条改憲を国民に提案すべきだ。
（そら、そうだろうな。当たり前じゃ）

憲法上無理なことを憲法解釈変更と称して強行する姿勢は、立憲主義軽視と見られるのも当然だろう。
（うむ？　その姿勢は何だか変だなー。うーん。そらそうかもしれねーな。帰ってゆっくり考えてみなけりゃならねーや）

ビラ文化の始まりである江戸っ子の瓦版は、このようなやり取りを扱っていたのではないか？　今日の情報社会の走りを垣間《かいま》見る思いがする。実際、そう思ったり考えたり、あるいは感じたりしながら、瓦版を読みふけっていたのであろう。口《くち》コミの伝達もあったに違いない。

火事と喧嘩と花火が江戸っ子の好物と言われた町人たちの、これが、将軍のお膝下での生活ぶりだったのである。

民主主義の草分けは、案外こんなところにあったのかもしれない。

▼第二章　研究・随想——経済と哲学を中心に

売掛金の理論

商取引には、売掛金というものがある。売上が立ったときに、複式簿記で借方に同時に記録される、あの勘定科目だ。会社員なら知らぬ人はいないはずだ。

むしろ逆に、商業高校出なら女子でも知っている。まさか、女子高しか出ていない女の子に大の男が笑われることはあるまい。特に東大・京大といった大物大学を出ている卒業生にそんな恥さらしな人間がいるなどとは、普通誰も思わない。世間とはそんなものだからだ。

複式簿記自体は、商法の「商行為編」に「第三章交互計算」と題して条文化されている。相殺を内容とする帳消し方式である。これが分からないと、売掛金の消し込みが処理できない。経営をやっていても、赤字経営をやっているのか黒字経営をやっているのかさえ分からずに、メクラメッポウに「経営なるもの」をやっていくよりほかなくなる。一生懸命経営の仕事をしていても、損をしているのか得をしているのか分からないというのでは、他の会社を買収するにも、損になるのか得になるのか、それもさっぱり分からないということにもなりかねない。こんなアホなことがまかり通ってきた会社もあったのかどうか確たることは承知しないが、いずれにしても、その取引先に1円でも残がある限り請求がなされる。

そう、売掛金とは、その時点でのその取引先に対して有している売上債権のことだからである。

今日の世界経済は大部分、信用経済である。いまだに貨幣経済だという人はいない。まだ依然として貨幣経済が通用するのだとすれば、それは駄菓子屋経済ぐらいのものだと言えるだろう。

製鉄業の巨大会社が、駄菓子屋経済を毎日、業務としてやっていると無意識にでも考えていたとすれば、それは無知というものだろう。まして、こんな白痴に近いシロモノが大企業の経営をしていたとしたら、まさに仰天モノだ。売掛金も買掛金も、どだい信用取引自体、何も分かっていないということを意味するからだ。売りも買いも分らない経営者（たとえそれが複数人であったとしても）など聞いたことがない。

この信用経済下で、商品と交換に取引相手から引き渡される貨幣なるものは、実はない場合もある（このときは、売手は売掛金を取得したということになる）のである。相手が踏み倒すかもしれないという不安を感じさせるような人である場合には、一種の証拠物件として小切手または手形の授受が行なわれる。このとき、仕訳は、

（借方）受取手形　1,270,000　（貸方）売上　1,270,000
のように帳簿に記載する。

ここに現れる127万円という数字に込められた信用価値（これが売掛金という売上債権の信用価値――これ自体は貨幣価値の大きさから来ている）が、納品先から受け入れる権利性のある債権なのである。だから、売上時から入金時まで売主は、買主に対して、債権者の地位に立ち続けることになる。

ここに、決済業者が黒い手を伸ばしてくれれば、入金トラブルを引き起こすことになる。これを禁圧するためには、売掛金をただ売掛債権であるだけにとどまらせず、手形債権化するほうが、入金トラブルを未然に防止することになると思われる。

手形や小切手と同様に有価証券化したほうが取引の安全に資するのではないか？　最近、消費税のほうでボツボツ、インボイス方式の導入が叫ばれている。この時機に、この売掛債権という価値権を有価証券化して、消費税のインボイスとしての発足をも兼ねさせるのがベストであると考えられるのである。

商品相対性論

価値論の側面から商品相対性論を展開してみる。地理学における人口密度概念を模した「価値密度」概念を使っており、契約曲線の尾根筋を追う。

供給側の提供価格は、なぜ需要側の消費価格と一致するのか？

「提供価格＝消費価格」という等式は、契約曲線上のどの一点においても成立している。この契約価格においては、供給側（メーカーなど）も満足し、需要側（一般消費者や材料購入業者など）も満足する。すなわち、需要・供給いずれの側も満足し、商談が成立する。この、売主側と買主側の双方を同時に満足させる（つまり商談成立要件となる）ために必要であって、しかもそれだけで十分、というような条件（つまり数学的な必要十分条件）なるものがあるのだろうか？

このような関係は、アルキメデスの「浮力＝重力」の原理にも、ニュートンの第三法則である「作用・反作用の法則」にも見られる。釣り合いの原理である。この釣り合いは、二つの力が同時に成立し、しかも向きが反対方向であるから、「ベクトル的均衡の法則」である。スカラー的均衡が成り立っているわけではない。

したがって、商品市場でも万有引力の法則と同様の法則が成り立っているものと考えなければならない。これを 使用価値が使用価値を呼ぶ（これが物々交換の始まり）というふうに考え、万有引力の法則（物理学の法則）に対し、経済学にも万用引力の法則が働いているものと考える。Aという物がBという物を呼び寄せる、だから二種の物が一個所に集まる、と考えるのである。したがって、物々交換が成り立ち、一旦物々交換が成り立った後はマルクスの論理の上で流れていくのである。

この万有引力と万用引力の法則は、楕円関数を成して、お互いの周りを回っているのではないか？　その場合、離心率の大きさの違いが微妙に景気の良し悪しを左右させているのではないか？　いわば、万用引力の法則は、第二の万有引力の法則であるように思えるのである。

二つの使用価値aとbが、互いに必要な使用価値を求めて、現在は不用になっている自らの使用価値をお互いの了承の上で脱ぎ捨てる（＝脱皮する）、ということが行われる。甲の許《もと》にあった使用価値aが、交換契約が結ばれることにより、乙の手許に行き、代わりに、乙の手許にあった使用価値bが、同じその交換契約を通して、甲の許へ行って、甲も乙も満足し、その交換契約は役割を終える、ということになる。

この、商品と商品の交換は、後に、商品と貨幣の交換を生み、銀行業の発達を伴いながら、ドル紙幣と円通貨の交換のように、貨幣の交換市場（ドル—円の市場のようなもの）まで創出している。この国際的な金融論は、貨幣をさらに抽象化して数記号にまで、存在感を希薄化しているが、単なる数字の羅列だけでは信用価値が移転することはない。手形や小切手などの有価証券は、その希薄化する数記号（これを暗号資産と呼ぶこともある。実質的には無価値である。価値を有することを証明する証拠手段がないから）を有体物に書きとどめてある。このことによって、手形や小切手は有体物と成り得ているのである。株式も有価証券である以上、こうした信用価値が数字から抜き取られていき、哀れな数表紙券に成り下がる危険は確実にある。

いずれにせよ、この物理学の法則と経済学の法則を図示すると、恐らく、互いに楕円型を描きながら、自転しつつ（この自転部分が、万有引力の法則または万用引力の法則の働いている部分）、途中からは、自転部分が公転軌道に入っていくのであろう。もちろん、右焦点円（Oとする）と左焦点円（O′とする）は、同じ大きさではない。自転円と公転円の二重円を描く楕円関数が、この二つの「よろずの法則」を近づける関数型である。

この楕円関数のグラフこそが、物理学的並びに経済学的外部環境で生きて働いている自然な法則作用そのものである。

このように考えてくると、万有引力の法則にせよ、万用引力の法則にせよ、お互いに役立ち合う関係こそ、この大宇宙の真実であると考えられる次第である。

要は、価値一単位当たりの、購入者側の使用価値密度をもって、商品間の経済特性の比較尺度とする（有効需要の原理を考えよ）。そして、この立場を、経済的相対論あるいは、商品相対性論と私は名づける。

すなわち、価値1円当たりの使用価値の損得感を基準とする理論である。どの程度の買い得商品であったかを出発点に置いた理論なのである。

ここにおいて、有効需要の原理は、マルクス経済学と融合し合流することになる。

経済地理学

経済地理学とは、立地条件論である。移民の問題も含む。移民とは、労働法の分野からいけば、国際労働力移動を意味する。

労働力商品の売りは労働力の提供（労働力の供給を労働現場で行うこと）を言い、労働力の受け入れは、労働力の買いを意味する。この労働力商品の売買契約は、当然に契約曲線の上を転がっていく。

すると、ここに労働契約の最適曲線が得られる、という寸法になる。ここに、売り手良し、買い手良しの契約に適した価格帯が、あぶり出される。最適価格帯である。

円・ドル交換は、一種の「紙幣商品」の売りと買いではあるが、労働力商品の売買は、毎日行われる日常的な「労働可能力」の売買なのである。これが30日分積み重なれば、ここで30日＝ひと月分の（会社側から見れば）労働賃金の積立合計分となる。この30日分として溜まった集金分の合計が、月給として支給される。それが、毎日毎日、前以て会社側が買い取っていた労働力の現実的な提供行為に対する、会社側の決済（＝支払分）となる。マルクスは、こうした経済の仕組みを詳しく述べているが、これは言ってみれば、初任給を毎月支払ってもらっているという事実からただちに分かることなのである。

これと同じ伝で行けば、円ドル交換とかドル・円相場とかいう事柄も同じ本質を持つ。すなわち、ある日本人がドルを必要だと思った場合には、日本円を出して、ドルという紙幣商品を買い、手許にドル紙幣を溜め込む。何のためかと言うと、もしメーカーであれば、生産過程に投入する材料を仕入れる時に、ドルでの支払いがぜひとも必要ということになるからである。その時に、急に多額のドル紙幣を用立てることがいつもいつも可能になるとは限らないから、予めその支払いを見越して社内に確保して用意しておくのである。とにかく、商取引には不渡りを2回出せば、「即倒産」という不文律が通用しているので、その不文律を無事にクリアーするためには、かなり多めのドル紙幣を用意しておかねばならない。もちろん、ドル紙幣を無料でくれる銀行などどこにもない。だから、有料でドル紙幣を買い取るのである。そのためには、おカネを支払わなければならない。その時に支払うべきおカネが円である。１００万円なら１００万円というおカネなのである。だから、百万円という日本円を払って、ドルを何ドルか買うという行為を具体的に行い、手許からドルが途切れて支払不能になるのを避けなければならない。とにかく、支払不能が2回続けば、労働者たちはもちろん経営者まで一挙に、しかも同時に失業者になるからである。（つまり、会社がつぶれるから）

この時に各銀行窓口で行われる円とドルの交換を国際金融市場と言うが、この時、国際金融市場では円高（＝ドル安）であるとか、円安（＝ドル高）で推移しているとか表現する。この表現は、「今年の柿は少し高めだ」とか、「今年の鯖は安い」とか言う場合の、柿とか鯖とかいう現物商品の値段の上がり下がりと同じことを指している。つまり、ドルという「紙幣商品」を売ったり買ったりしているということを意味しているのである。

売るほうが供給であり、買うほうが需要である。供給＝需要となったところで、取引が成立し、その時に決まった価格で実際に取引が実行される。つまり、円という貨幣で、ドル紙幣商品を買うことになる。その時の支払価格（＝売渡価格）を円・ドル相場と言い、日本の対ドル相場で生産力が高くなったか否かという議論をする。だから、これが円・ユーロ相場とか、円・ポンド相場とかの各場合まで覆い尽くせば、国際金融論という学問分野に深入りしていくことになる。経済学は、まあ言ってみれば、相対論の世界である。

国際労働市場の話から国際金融論の話にそれていったが、国際労働市場の話は、ＩＬＯ（国際労働機構）で詳しく聞かせてくれるはずだ。

会社の立地条件論も、最近「行動経済学」という有力な経済科学が開けてきたので、相当深く突っ込めるようになったようだ。

立地条件の話も、川上統合とか川下統合、あるいはシナジー効果とかの話をよく聞かされることがかつては多かったが、今では従業員持株会やＮＩＳＡの話が多い。

学校の生徒の時は、地理の授業中に、大消費地のこととか、材料仕入地のこととかの話をよく聞かされたような気がする。

だが、私も74歳になり、定年年齢もはるかに超えたので、もう経済実務に就くこともあるまい。

思えば、私の人生行路も終わりに近づいてきた。過去を振り返れば、いろいろなことがまぶたに浮かんでくる。しかし、経済実務に本格的に携わることは、もうないだろう。激しかったが、意義深い人生であった。

イノベーション革命を迎えて

『資本論』に現れる二つの概念、「使用価値」と「価値」について述べる。

まず、会社にとって、自社の売り込む「商品」とは何か？　まさに、それを通してできるだけ多くのカネを自社に呼び込むための道具である。どの会社も「商品」を一単位でも多く売り込み、その代金を手にするための営業努力の技術の向上に余念がない。

その売り込むモノが商品であることは常識に属する。販売過程としては、労働手段を使って販売合戦を展開する。自らが労働力商品であるからである。自分の労働力を使って、会社のために、一個でも多くの商品をさばいていく。そうでなければ、能力給・能率給が稼げないからである。一個でも多く売れれば売れるほど、月給は多くなる。売った労働力が一単位でも多くなるほど入ってくる労働賃金も一単位分ずつ増えていく。労働力の対価は、価値で表現される。その具体的評価額が数値で表記されると、給料の金額が特定されるのだ。労働力の使用価値は、自分の働きに見合った価値額を会社に請求するための根拠となる。会社の指定した場所や方法に基づいて各業務をこなすために自己の労働力量をどれぐらい使用してもよいか、という点について入社前などに一括承諾する。各人ごとの使用価値（各労働者の個性に見合った）に従って、会社のために消費されれば、その消費分に応じた金額の労働賃金あるいは給料（ないし月給）が払われるわけである。労働総数に対するその全面的支払債務合計をその労働力一般の価値（の金額）と呼ぶ。会社と社員労働力の総価値交換がなされる日のことを、世間の言葉で言えば、「給料日」と言うわけである。

一般に、「商品」そのものは市場に現れるまでに完成し、商品市場では、売り出し価格を付して供給される。それに対して買い手予定者は、商品市場では、買い手候補として買い値を詮索する。このうち実際に買主となった者の、支払代金の合計額が有効需要とみなされる。無効需要として散っていくことはなかったからである。

要するに、その商品を生産した売り手側にとっての希望価格が供給価格であり、その商品を購入する買い手側にとっての希望価格が需要価格であるから、売り手・買い手の、両者の希望が一致した時、契約価格が成立するに至り、契約曲線上の一点となるのである。これがA社、B社で材料仕入に関し継続的に成立し続ければ、ここに、ヒマラヤ山脈にも似た、契約曲線の尾根すじがA社・B社間に現れるほどの両者間の取引の歴史が、出現するのである。

ところで、商品の存在価値は買い手側が握っているのではなく、それを生産した売り手側こそが握っている、という意味をにじませるために、マルクスの著作『経済学批判』本文で、「交換価値」と「使用価値」となっていた記述が、『資本論』では、「価値」と「使用価値」と言い直してある。ただし、「使用価値」という商品の個性は、『経済学批判』と『資本論』とで何も変わってはいない。

私も、商品の存在価値は、買い手と売り手の間の力関係にもよるが、やはり、その商品を作り出した生産者の側（特に労働者）の努力によるところが大であると考えている。一個だけでも多く売れた時の労働者の笑顔は、忘れることができない。と同時に、その商品を市場に送り出した時のプロジェクトリーダーの、期待感に満ちた、心配顔も逸することのできない思い出である。

飽和均衡を長年耐えてきた日本経済も、イノベーション革命を迎えてどこまでその底力を世界に示すことができるか、その真価がいよいよ試されようとしている。

資本主義は、日本では希少価値前提を失い、もう何を生産する意欲をも失っている。日本社会は自ら、資本主義の幕を閉じ、次の舞台として社会主義の舞台を整えつつある。この自然に閉じられていく資本主義に別れを告げ、次の大舞台である社会主義の幕を開けよう。

私も、社会主義の舞台が整えられていく、大道具や小道具の仕事の音を聞きながら、この哲学エッセイの場を去ることにする。

哲学への誘《いざな》い

第一章　序論

あなた方が大学へ入学してまず最初に着手する仕事は、「自分とは何か」という問いに答えることであろう。どの大学でも入学したての頃は、新入生たちは、この問題意識を自己の課題として自分に突き付けたがる。自分が晴れておとなになったことの証しを手に入れたいからであろう。もっとも、予習・復習・暗記の繰り返しからなかなか脱却できない学生もいるようであるが。

しかし、大学は寺子屋ではない。単に先生から教わったことを念入りに復習し暗記するだけの学び舎ではないのである。たとえ、次に聴く予定の講義の予習をすることを含めたところで、受験生以下の勉強方法でしかない。

大学は、少しでも良い点を取るためだけに通ってくるような場所ではないのである。もちろん、試験は悪い点を取るよりも良い点を取るほうがいいに決まっている。

しかし、教育というものは、本質的に自己教育でなければならない。大学をはじめとする学校教育は、自己教育の一つの手段であるにすぎない。自分で自己に、知力をつけさせるのが本来の目的である。そのための学生諸君の努力に少しでも側面援助をすること、これが大学の果たす教育のあり方でなければならないはずである。大学は、単なる予備校ではないからである。

したがって、哲学は、若者たちが一皮むけるための、あるいは幼虫が本当に成虫になっていくための、足がかりを提供するものでなければならない。今までの大学教育は、こういった点に加えられるべき力が弱すぎたように思われるのである。

世は、情報資本主義の支配する電子社会である。ベンチャー企業がもてはやされ、アイデアの新鮮さ、そしてそのアイデアを仕事のツールの根幹としていく、たくましい行動力や分析力そのものが必要とされているのである。この行動力・分析力なくして、アメリカ経済をはじめとするグローバリズムに立ち向かっていけるのだろうか？　もちろん、パソコンの影響力の大きさは、あなた方の既に知っているところである。

従来のように、大学に入ってまで、高校生と同じような、予習・復習・暗記といったワンサイクルを繰り返すだけで育ってきた、ひ弱な知力では、世間を泳ぎ切ることは不可能であるように思う。上記のような方法で得た知識などＡＩを使えば一瞬にして獲得も応用も可能な会社制のあり方に、急速に切り換わりつつあるからである。そう、ここに荒波のごとく出現してきているものは、産業革命、それも世界中を巻き込んだイノベーションの嵐、第何次か分からないほど連続した台風とも言えるほどの、巨大な産業革命なのである。

このようなイノベーション、このようなレボリューションに敢然と立ち向かい、科学闘争の先頭に位置して科学を操縦することが、そうした弱体力に可能だろうか？　もう、そんな弱体力が通用した時代は、とっくに終わっている。

現代は、既成の科学体系にさえ疑問符を刻印し、果敢に戦いを挑んでいく積極さが渇望されている。いわゆるフロンティアスピリット（開拓者精神）の時代なのである。だから、時代に取り残されないためにも、自分の力で事態を打開し、問題点を解決へと導いていくたくましさが必要なのである。

そのための基礎力を要請する科目として、哲学は位置づけられなければならない。

そこで、私の若かった青年時代を振り返りながら、哲学の習得過程を叙述してみよう。

第二章　存在条件について

人間の存在条件は、まず金銭をいくら持っているかである。人間存在のあり方は、何と言ってもやはりカネをいくら持っているかによって異なる。

カネをもうけることは、それ自体悪いことではない。なぜなら、カネをもうけることがもし悪いことであるとするなら、一斉に同時に皆カネをもうけることをやめれば、一体どうなるか？　全員2週間や3週間、あるいは2か月や3か月誰も働くことがない社会は、その間は、誰も搾取することもない、別の言葉で表現すれば、吸血の論理が働かない期間であるから、善男善女が一切無傷であると同時に、悪人がまったく1人もいない、悪事が一つも行われない理想的な社会であるということになる。そのような社会状態が20年も30年も持続可能なことであるとも思われない。売上が実際には20年や30年ずっとゼロ円続きという会社は、原則的には、ほとんど考えられない。

したがって、カネをもうけることは、それ自体別に悪いことではないということになる。それなら、カネをもうける、それもできるだけたくさんもうけることは、悪いということに直結するだろうか？　ここで、その20年、30年の間、つまり0の売上続きであっても、会社の雇っている労働者たちには、ひと月も休むことなく、給料を払い続けなければならないというのが現実である。ということは、できるだけ赤字になるように経営していくという病理学的な経営より、普通に、できるだけ黒字経営を効率的に展開していくという生理学的な経営のほうが望ましい、ということになる。

だがここで一つ問題が起こってくる。隣人関係の問題である。カネをもうけるにしても、隣人に迷惑をかけない範囲にとどめなければならない、ということである。

欧米ではよく隣人愛を持たなければならないとか、隣人愛を大切にしなければならないとか言われるようであるが、それはこの点の重大さを指して言うのである。

日本でも、この隣人関係は大切にされる。それは、「お互い様」という言葉によく現れている。たとえ、お隣りとの相性が合おうと合うまいとお互いに気まずい思いをしないように隣人関係を維持しようと努めるのである。また、この隣人関係の維持の要請が、日本人の「建て前と本音」の二本建ての世界を形成しているもとと思われるのである。別に善意と悪意が1枚ずつ裏表になって張り合わせになっているわけではない。つまり、原則的には裏心と普通の気持が食い違うことはない。もし年がら年中食い違っていれば、うそつきであることはもちろんのこと、ある場合には化け者か気違いである可能性さえある。

以上を基礎的な前提事実として人間が人間存在のことを考えるとき、まず存在の条件が充足されている必要がある。決して、それだけですべてが解決されるという十分条件ではなくても、少なくとも必要条件であるには違いないもの、そのような必要条件となり得るものがあるであろうか？

そのような、誰にでも当てはまる経済的な生活条件があるか？　それがあるのである。それは、客観的な条件であるが、それを取り扱った哲学がマルクスの哲学であり、唯物論哲学と一般には呼ばれている。客観性を身上とした哲学である。誰にでも必要とされる、そして誰にとってもそのような財産関係を要求せざるを得ないもの、そのような、言ってみれば絶対的な客観性として、何をおいてもまず整えなければならないもの、そのような、生活そのものを枠づける条件を扱った哲学、それがマルクスの唯物論哲学なのである。端的に言えば、「枠づけの哲学」と言うべき哲学がマルクス哲学なのである。

そして、その枠づけを可能とする真実の一群を探求する方法として、彼は彼のベルリン大学での師、ヘーゲルから「弁証法」という方法論を借り受けた。そして、彼マルクスが創り上げた体系的な哲学が、「弁証法的唯物論」と呼ばれる巨大な建築物なのである。

しかも、この弁証法的唯物論を唯物弁証法と言い換える（どちらで呼んでも〈唯物論＋弁証法〉という同じ構成形態を取る。〈$\alpha+\beta=\beta+\alpha$〉であることを考えよ）ことにすれば、この唯物弁証法という方法理論を基にして歴史観を築くことも可能になった。それが客観性で磨き抜かれた、経済史中心の「唯物史観」である。

この唯物史観はまた、史的唯物論とも呼ばれる。（また、先ほどと同じように、〈$\gamma+\delta=\delta+\gamma$〉という等式を考えよ）

このようにして、歴史観と客観性を売り物とするマルクス哲学（これは後に、彼を尊敬する一派から、その影響の広がりをも考慮してマルクス主義哲学と呼ばれるようになる）

が誕生した。

これが、学派や党派によっては、絶対的な信頼を寄せるマルクス主義哲学の大まかな内容である。

客観性を維持したまま、歴史を切り開いていくことを得意とするマルクス哲学は、人間論の立場から見れば、存在条件論と言うべき位置づけが可能であると考える。

第三章　存在自体について

人間が人間存在について精神的な意味でどのように考えるか？　これが昭和43年頃から昭和44年頃まで日本全国を吹き荒れた大学紛争において、知識人の卵たちの頭を占めた、悩ましい問題であった。

世界の学生たちと歩調を合わせた日本全国の学生たちが一斉に総決起し、デモ隊が街頭に繰り出して機動隊と何度か激突した。

あの疾風怒濤《しっぷうどとう》の時代に、存在条件論を踏まえた戦士たちの哲学頭脳となったのが、サルトル哲学であった。

サルトルとは、当時流行した実存主義哲学の代表格であり、ノーベル文学賞の受賞者に決定されていた。それでいながら、本人の方からその受賞を辞退したことで世界的に有名な一流の哲学者である。

サルトルの哲学は、私の考えでは、左派と右派の二手に分かれ、私の所属する京大では右派の立場を取った。サルトル右派の京大では、京大解体までは進まなかった。一種の玉砕戦法とまで思えるほど突っ走ることもなかった。大学の存在の意味及び価値が十二分に教授陣にも学生連中にも理解されていたからである。そのような文脈の下で考えれば、微温的で学生チックな政治運動であったかもしれない。

サルトル哲学は、1行で要約することが可能である。「存在は本質に先立つ」という標語がみごとにその本質を言い当てている。

つまり、存在の本質について考えるより前に、論理手続的にも時間系列的にも、存在そのものは存在を続け、その本質が確定するよりも前から既に存在は「ある」ということをまず認容することから始まる思考様式である。

これはデカルトにまで遡る考え方であるに違いない。思考を続ける私は、ずっと以前から存続し、今も存在し、未来においても思惟し続けるに相違ないという思想を背景に持つ。デカルトにまで遡り得るという点から、フランスに独得な観点であるのかもしれない。さらに言えば、ニュートンの第一法則、つまりは慣性の法則にも依拠しているのかもしれない。

いずれにしても、科学時代の洗礼を受けた、哲学らしい哲学と言えるのである。

実存主義哲学は、キルケゴールから始まるとされている。サルトルまでに、ニーチェやハイデッガー、ヤスパースなどの優秀な哲人を輩出している一団の哲学者たちである。世界最高レベルの頭脳集団で、その頭脳集団によって鍛え抜かれた存在自体論、それが実存主義哲学、分かりやすく言えば「活動者の哲学」とも称すべき哲学体系なのである。

サルトル哲学は、『実存主義とは何か』というやや薄目の書物を読めば、大概を理解することが可能だ。

サルトルは、まず存在をすべて即自存在と規定する。

この即自存在は、過去に存在し、今現在も存在し、未来においても存在を続ける確固たる固定的な存在である。この即自存在の意識（虫の意識、猿の意識を考えよ）はまだ十分な形で存在はせず、幼弱性を色濃く残している。

ところが、この即自存在は、他方から見ると、悟り澄ました達磨のような絶対的な固定性を表しているように見えないこともない。

ここに、近似的な差があるかもしれないが、0＝∞（ゼロイコール無限大）が成り立つ可能性が開けてくるのである（内宇宙ではないということがとりもなおさず大宇宙ではすべてということ。その逆も、内宇宙と大宇宙をトータルとして見れば集合論的に同じということ）。これはすなわち、仏教の般若心経の世界であって、矛盾的イコール、すなわち、

「色即是空　空即是色」の世界なのである。悟りを開くとは、このような心境に達したときにのみ達成されるはずの高度の世界であろう。岡倉天心もそのような日本画を描いている。「諸法無我」という題の絵画であったような気がするが……。

だが、一般的には、即自存在は、ただそこにある、ただそこに投げ出されてある、といったシロモノでしかない。しかし、即自存在は、第一義的には、人間存在の環境条件を成していることに間違いはない。

ここにおいて、並の即自存在ではない即自存在、つまり人間というものが現れてくる。自己を否定する機能を持った存在、そして実際に自己否定を始めた（即自）存在、すなわち対自存在である。これはつまり、人間存在の別名なのである。

机が自己否定をすることはない。アイスクリームが自己否定をすることもない。ライオンが自己否定をすることも、バラの花が自己否定をすることも無論、ない。自己否定をすることがあるのは、ただ、人間という即自存在があるのみである。

そして、全面肯定体である即自存在が、自己を否定するという働きを始めた時、対自存在が静かに首をもたげてくる。対自存在の芽生えである。この肯定と否定の間のやり取りを人間が自分の心の中でしばらく続けていくうちに、全面肯定体である即自存在の対立物である全面否定体が成熟する。これがすなわち、全面否定体である対自存在である。こうして、即自存在と対自存在の対立構図が完成する。いよいよ、弁証法の出番である。もはや、唯物論か観念論かなどという幼稚な択一問題は、意味を成さない。そんな幼稚園のレベルは、はるかに越えたからである。

全面肯定体が一段上に移行したときは、否定体を踏み台にして自己を向上させたのであり、弁証法が成功したと考えられる場合に属する。

他方、全面肯定体が、上のレベルに来ることがなく、否定体を踏み台にして自己を向上させることがなかった場合は、弁証法が失敗したものと考えなければならない。

ここで注意しなければならないのは、自己否定もほどほどにということである。明日の日常生活に悪影響を与えることにでもなれば、せっかくの努力も水の泡になるからである。元の木阿弥ほどつまらないものはない。何にしても、程度問題で事を納めるのが、上手な終わり方である。

この肯定―否定のやり取りの中で、一つのカギとなるのが、対他存在である。

対他存在とは、端的に言えば、他人がこの私について作り上げた（この私に関する）像のことである。分かりやすく言えば、他人にとって、この私という者がどう見えるかという外観的にしかすぎないと思えるイメージ像のことなのである。その私を規制する「私像」があるからこそ、女は化粧をする。そして、自分は他人にとって良い人間と見られたいのか、悪い人間と見られたいのかという局面において、その決定動機を成すかもしれないほどの重要性を持つのが、この対他存在なのである。

対他存在は、対自存在を上へ引き上げるための契機を成す。なぜなら、少しでも他人に良く見られたいという衝動は、対自存在を上へ引き上げるための良き力となり得るからである。

以上、即自存在・対自存在・対他存在の3個の基本概念を中心に、存在自体論を展開した。

この対自存在こそ、「自己を見つめる」目や「自己との戦い」を行う主な舞台となるのである。自分弁証法は、こうして始まる。

第四章　対他存在について

サルトルにおいては、すべての存在はまず即自存在とされる。これらの即自存在のうち、自己否定という特殊な作用をなし得るモノは、人間存在のみである。

動物も植物も自己否定という作用をなし得るモノではない。もちろん鉱物も然りである。

観念が、たとえ脳細胞の物理的変化または化学的変化を伴う現象であったとしても、その観念なるモノは、自己否定を行うことができない。観念が純粋に観念であり続けるための観念に、自己否定を行うということはあり得ない。自己否定は普通、意志の問題だからである。観念というものは、あくまで認識体系の話である。

カント的な言葉で言えば、純粋理性の作用の結果が観念というものであって、自己否定には意志の力が働かねばならない。つまり、実践理性が働かねばならないのである。純粋理性と実践理性とは、その作用する象面を異にする。純粋理性は、セットA（真または偽）を問題とし、実践理性は、セットB（善または悪）を問題とする。

カントの大きな著作が、『純粋理性批判』と『実践理性批判』であることからも、そのことを窺い知ることができる。ちなみに、物事の本質を考えることも忘れて何かに見とれてしまうこと（芸術の場合）や、何かの宗教を信じきる（宗教の場合）ことも長い人生の中では、ままあり得ることであろう。その時には、純粋理性も実践理性も全然作用せず、その芸術やその宗教に、「我を忘れて没頭する」（オウム真理教を見よ）場合もあることを考えれば、その時には前二者も完全に視野から消え失せ、一切の判断が不可能となっている。

この状態の時には、真偽判断も善悪判断も不可能なほど対象の中に没入し、一切の判断を必要としなくなる。と言うより、私の心が判断を拒絶する。

このような機会は案外たくさんあり、たとえばスポーツに夢中になっている時や、セックスに夢中になり絶頂に達した時などにも現れる。一種の自然上昇と自然下降を伴う「滑走感」という感覚なのであろう。要するに、「なめらかさ」の感覚の世界である。

自己否定を伴っていて、しかも実際にも、自己否定を行った結果の対自存在が生まれたのなら、その対自存在は新たな即自存在となる。

つまり、これを別の観点から見れば、新たな即自存在の対立物が新たな対自存在であるということになるのである。

角度数だけが0度から180度へと増量されるということになる。ただし、相互に対立物であるということには変わりがない。

しかも、前に0度の位置にいたモノが180度の位置に来る時には、前に180度の位置にいたモノが360度（つまり0度）の位置に来るという空間的結果だけでなく、一定の時間的結果をも伴っている。数学的に言えば、ある円周上の一点が半円を描く間にも、この二点の対位的関係は一切変化しない、ということである。

この数学を哲学的に翻訳すれば、男性と女性との、お互いのお互いに対する相対的対位関係（それが対立なのか協調なのかは一切分からない）が一切変わらないうちにも、空間的かつ時間的関係には、同時的な位置変化が現れる、ということである。

ここに描写される円周軌道を、地球の公転軌道と考えるならば、地球が円周の半分を回る間には、空間的には180度公転し、時間的にはやはり、半年分の日数が経過しているということ、別言すれば、半年間の歴史は既に書かれたということをも意味する。

これを、現代人の寿命がもし仮に80年間だとした場合、その80年間の時間的間隔の中に、その人の人生史のすべてが描かれ切ったことになるが、その80年間の才能や努力に応じた成果は、確実に向上したはずであるから、その地球の回転円盤に乗っている地球人の精神的な高さ全体も確実に向上していると考えるのが妥当である。この円盤・向上型の歴史観を輪廻《りんね》史観と名づける。

ここで本題の「対他存在」の話に戻ることにする。

対他存在とは、他人にとってのこの私という他者存在のことであって、たくさんいる他人の中で、他人α、他人βに映っている、私というものの像を言うのである。他人αにとってα'と映り、他人βにとってβ'と映っても、それは具体的な「他人」によりさまざまに異なる。必ずしも$\alpha'=\beta'$とは限らない。対自存在の如何によって、α'の映り方、β'の映り方は、個々別々である。

しかし、対他存在がどうであるかに関わらず、対自存在は、自らの生き方を貫けばよいということなのであろう。

第五章　3つの闘争

現代の闘争は、3つの種類から成る。権力闘争と階級闘争と国家闘争の3種類である。

権力闘争は、いわゆる権力争いで昔からあった。有名なところでは、平安末期の源氏 vs. 平氏の権力争いあるいは権力闘争がそれである。源氏と平氏は、互いにつばぜり合いを演じ、お互いに「はり合うような関係」を持続させた。相互に、あらゆる局面で対抗関係の火花を散らせ、源氏武士団と平氏武士団の生死を懸けた決戦が行われた。この歴史現象は、まさに源氏と平氏の権力闘争である。

この歴史現象の中で、源義経と静御前の悲恋も花開き、そして散っていった。源平盛衰史も最初は、平氏が優勢であって、平氏の棟梁、平清盛が真っ先に政治権力を獲得した。その清盛が日本脳炎で倒れた後、平重盛をはじめとする平氏勢力と、源頼朝を中核とする源氏勢力が正面衝突した大闘争である。

勝敗は絶えず入れ代わり、両者の対抗関係も約10年間続いた。最終的には源氏の源頼朝が勝利し、鎌倉幕府を成立させて自らは将軍の地位に就いた。

この間の政治過程は、まさに権力闘争であった。源氏武士団と平氏武士団の、天下をめぐる権力闘争だったのである。

階級闘争は、歴史概念としてはマルクスに端を発し、近代社会以後に実際問題として定着した。

この階級闘争は、本来的に経済問題をテーマとしている場合に用いる歴史概念であって、権力闘争とは別個のものである。時たま、階級闘争は権力闘争と結び付く時がある。ここで、歴史的な条件次第によっては、革命という、より強力な歴史現象に行き当たることさえあるのである。フランス革命やロシア革命は、その典型例である。

近くは1990年前後に、10か国ほどの諸国で連続して起きた東ヨーロッパ世界革命も、あるいは単なる権力闘争という政治現象に止まらず、経済闘争という理念型に納まる話でもなく、政治闘争という理念型にもまたがる大型の階級闘争（無階級社会になるのは、共産主義体制の下でであり、社会主義体制の下では、未だ階級害毒の作用力が残るものと解され、ために、毛沢東は社会主義体制下の中国で奪権闘争を呼びかけた）であると言うことができよう。

三つめに国家闘争がある。これも現象ないし事件としては古くからあり、国家成立時点以後の、国と国との争い事が、いわゆる国内に止まらず、国内からあふれ出し、周辺地域ないし周辺国にまで被害を及ぼす場合もある。つまり戦争である。

国家の存在を厳密に解釈し、国際法がボツボツ出そろうようになる近代以後に限った場合、つまり近代戦争が頻発するようになった時以後に限定した場合でも、近代社会（我が国では明治維新以後）から現代社会での戦争は国際社会の中で行われたが、いずれにしても古代から現代まで通観してみた時やはり、軍事力と経済力に重点が置かれている。富国強兵が標榜される所以である。

したがって、国家闘争は、国際社会の中で行われた、国家と国家との間の闘争行為であり、個人vs.個人の闘争行為は入らない。それは必ずしも戦争を意味するとは限らないが、威嚇力の誇示もあれば、経済力での競争もあるだろう。この国際政治の技法は、国家闘争であると言え、国家間での対抗関係を根底に持っている。しかも、「対立と協調」の二面性を帯びる国際政治の特徴を色濃く反映している。二面性があるからこそ、駆け引きが行われるのである。

こうした国際政治の展開の中で、国家と国家との間に、友好国や敵対国、それにまた特別な気配りを要しない普通の国などとの親善も図らなければならない。和の国はそのようにして維持されるのであり、戦後憲法の平和主義は、敗戦経験国としては、日本経験主義の歴史の教訓として、大事にすべきものであろう。

ここまで、力関係に関して論じてきたが、権力闘争も階級闘争も隣人関係の破壊を伴えば、元も子もない。隣人関係の悪化から隣国関係の悪化につながれば、国家関係さえ病的になる。最悪の場合、隣人闘争にまで発展しかねない。この病変に対しては、やはり公衆道徳による歯止めを強化するしかないであろう。

以上、３つの闘争を、権力闘争・階級闘争・国家闘争の３種類に分けて論じた。

無哲学の研究

世界観というものには、主観次元のものと客観次元のものと２つの型《タイプ》がある。

一般的に言って、主観次元のものは「思想」と呼ばれ、客観次元のものは、「哲学」と呼ばれることが多い。マルクスを例に取ると、主観次元のものもあるにはあるが、本人はいつも客観化することを心掛けている。少なくとも、そのように努力しているフシが見られる。

暴力の問題についても例外ではない。何も好き好んで暴行に及んだわけのものではなく、革命運動（これも、社会民権運動と見られないわけではない）を進めていく上で、やむを得ず手を上げざるを得なかった場合もあったであろう。

しかし、現時点では、共産党の歴史的使命として自ら負った革命問題を成功裏にクリアーした以上、もはや暴力を行使する必要も義務もなくなった。普通の議会政党に立ち戻るべき時機に来ている。現時点以後は、共産党問題については、同党が暴力を行使することがあったとしても、それは政治性を持つものではなく、単なる刑事事件として扱われるものにすぎない。

したがって、起訴状も暴行罪とか脅迫罪という、個人的法益の侵害としてであって、国家的法益の侵害としての内乱罪が記載されるべき筋合いのものではない。

さて、本題の「思想」と「哲学」の問題に戻るが、日本でも、一時「思想の科学」運動が流行したことがあるが、これもできるだけ世界観の客観化を企図したものであろう。思想の流通性を広めに取るためには、そのような客観化を要するというのは、自明の理である。

このように、それぞれ持ち味を異にする二つの思想が一つの大思想に結実するためには、その二つの抽象体系が激しくぶつかり合う土俵ないしリングが必要となるであろう。そのための土俵として、大学という場が50年前には必要とされたようである。東京大学や日本大学をはじめとして、多くの大学で大学紛争の嵐が吹き荒れた。何も日本だけの現象ではなく、世界中の大学をほとんどすべて襲い来《きた》った一大思想運動であったと言い得るものである。(フランスのカルティエ・ラタン闘争も、同じフランスのソルボンヌ大学で起こった)

無論、我が京都大学も例外ではなかった。

思想が論じ合われるためには、共通の土俵の上に立たなければならない。土俵が同じでなければ、互いに戦い合う主戦場がないことになるから、勝ち負けは決まらない。よって、AとBの二者対決とはならないからである。

最近特によく論じられている、男性次元と女性次元のペアについても、同様である。男性次元の話を女性次元に持ち込んでも、話をやたらに紛糾させるだけで、何ら問題点の解決に役立つことはない。ピンボケもいいところである。

50年前は、労働者階級と言えば、ほぼ男性に限られ、女性は主に家事に従事していた。女性が労働者階級の一員として採用されることもなく、まして資本家階級にいきなり加わることも、ほとんど考えられなかった。学校ポイと出の若い女性が、資本家階級として存在しているなどと言うのは、ほとんどあり得なかった。〝帝人〟という会社の社長夫人ぐらいしかなかったであろう。女性は、労働者階級と言うより下の奴隷階級だったのである。

最近は、労働界（あるいは経済界？）も門戸を開き、次々と女性も労働者階級の仲間に加わってきている。男性労働者階級の聖書であった『資本論』も、女性労働者たちが積極的に研究活動の中で啄《ついば》み始めている。

万国のプロレタリアは団結しつつある。働きがいのある社会を創るために！　労働人格権の基本を身につけた優秀な労働能力者として！　労働契約法に基づく労働契約を結んだ上で。

そして今や、男性次元と女性次元の両者の上に、人間性という純粋次元がそびえ立っている。この純粋次元ではじめて可能となるものがある。

それは、外でもない、我が京大文学部（哲学科哲学専攻課程を、京大生たちは純哲と言っている）の生んだ逸材・西田幾太郎の創始した西田哲学である。西田幾太郎の唱えた純粋経験は、純粋次元でしか成り立たない、ということである。

ここに、純粋次元は、一次元でなければならない。

純粋次元は、男性次元でもなく女性次元でもない。と同時に、男性次元でもあり、女性次元でもある。つまり、純粋次元はイデア次元なのである。そして、イデア次元は、抽象的な次元である。その抽象性に肉付きを与えれば、男性は男性人格を獲得し、女性は女性人格を獲得する。すなわち、男女は同時に生成し得るのである。男性が生じた後、その部品から女性が生じたのではない。ゆえに、男女ははじめから平等なのであるし、平等でなければならない。

純粋次元は一次元であると、私は言った。ここで「一次元」という言葉の意味は、点的という意味である。点的ということは、1点でも52点でも、あるいは無限点でも同じであるから、点的と言った瞬間に点と点を結ぶ直線や曲線もすべて包摂することになる。点的ということは、直線的あるいは曲線的ということと同じ本質を持つのである。

しかも、主観と客観が一致し合体する時、その主観であったモノ並びにその客観であったモノが、ある瞬間から以後ずっと1点だけになるという点性は、1本の線（直線または曲線）だけしかないということと、本質を同じくする。普通の言い方をすれば、一点に集中するということは、1本の線（あるいは一本道）を歩いていくことにつながってゆくのである。

一本道は、以上のように一次元性を表すから、2本の直線（たとえば x 軸という数軸線、及び y 軸という数軸線）は相まって二次元性を表すと言ってよいのである。

ここで、二次元性とは平面的ということであり、三次元性とは立体的ということである。また、何かがあるということを有次元性を指すことであるとすれば、ゼロ次元性とは、無次元、つまり何もないということを意味する。

以上の論述より、

点的＝線的

反対から読めば、

線的＝点的

となるから、このことを日常生活に引き付けて考えるとすれば、次のようになる。

一本道を歩いていくということは、点という孤独を我がものとして生きていくことである。これが一字元的な生き方であり、純粋次元を生きるということなのである。

西田哲学を私はこのように解している。

仕事

人柄は人柄、国柄は国柄。家柄。血のつながりか、育ちか。血のつながりなら自然科学、育ちなら心理科学。心理学それも発達心理学に秘密あり。子どものような、未熟な反応を示す。条件反射のみ。脊髄経路で身体反応を示す。しかも、それのみ。大脳経路なし。前頭葉は、まったく経過した跡なし。反射経路の顕著な特徴を示す。一から十まで介助を要す。運動を促しても、自らする気配なし。まだ始めもしないのに頻りに恐がる。判断を下すことが、きわめて恐ろしいもののごとし。

したがって、行動から来る責任は重荷になるものと観念している模様。

ただし成功した場合の功績は、自分だけが一人占めしたがるもののごとし。失敗した場合の責任は、死刑を宣告されたもののように、極端な怯《おび》え方をするものと予測される。したがって、失敗した場合の責任の引き受け手を上役に見つけ、予防線を張ろうとする。予防線を張っておきさえすれば、自分自身は安心して死んでいけるものと、踏んでいるもののごとし。子ども心に、おとうちゃんとおかあちゃんのふところに抱かれて、安らかに眠れるものと決めているかのように見える。あとは、ブラームスの子守唄か、モーツァルトの子守唄のどちらを選ぶかだけの話になる。そうすれば、ブラームスとモーツァルトのどちらを選ぶかについて、ぼくちゃんの権威を保てると心得ている模様。これは、後退神経症と言うべきか。

後退すればするほど、不安感と休息感が交錯する奇妙な安息所に至れるものと確信している。今や希望は、その安息所のみとの諦めに達している模様。法則を逆回しにした結果、一種逆法則のような現象を呈するに至ったものと推定する。

その心理学的原因は、極端な自信喪失に基づくものと考えられる。要するに、五月病が長引いて、まわりの優秀さに恐れを成した、心の縮み上がりに起因する病と判断される。もう間もなく、あの世へ連れていく死神が現れるものと推断する。たとえ1％でも死神が現れない可能性があったとしても、将来は法則に乗って永久に世間知らずになって死んでいくであろう。

社会人になるのを極度に回避するのは、ここに端を発するものと思われる。社会に出れば、ただちに落後者になるのが死ぬほどつらいもののように推察する。

幼稚心性の病的に拡大した、重度の心理突起が熟するに至ったものと考えられる。一種の悪性腫瘍、つまりガン、この場合心理癌と考えてよいであろう。肝臓癌や直腸癌のようなものである。

心理癌の中心突起は、取り除くことが不可能であった。御家族の中に秘術を行使するだけの霊力の持ち主はおられなかったようである。

以上をもって、心理妖術を終了する。南無阿弥陀仏。手遅れ。


病変集団と化した社会からの隔離が急務であることが、外部にいる者にもひしひしと伝わってくる、メモ文体で書かれた記録である。恐らく、この後は、汗水たらして仕事をしている蟻たちを、すり鉢の底の方へ陥《おとしい》れていく蟻地獄たちの格好のエサとなっていくのであろう。蟻たちにとっては、どうしても抜け出すことのできない自然法則であるように思われる。生物物理の「場《ば》の理論」があれば、その自然法則が容赦なく自己を貫徹していくはずである。

終戦時前後に現れた日本人の群衆心理も、この症例のような、強気と弱気が奇妙にブレンドした発狂状態が下地にあったのではないか？

ドストエフスキーが、いみじくも『悪霊』という文学作品の中で照らし出した薄暗い闇の世界に、それは似ている。何かにおののきながら一目散に突っ走っていったその時代の暴走族のわだちには、地球世界の大きな謎が今もなお残されている。もちろんその中には、世のドラキュラ男爵の問題もあるであろう。

それは別として、人間の愛別離苦は、諸行無常の根本煩悩のように思えて仕方がない。少なくとも、人生の「おくのほそ道」であることには違いがないようである。

今、外は秋である。抜けるようなスカイブルーが隅々までおおっている。フェルメールの「鋭利な塵」が光っているかのようだ。50年前に、対自的完成を図った対自主体は、確かにいた。だが、それも皆、歴史のかなたへと姿を隠してしまった。後にはただ、茫々とした悲哀が漂っているだけである。

旧約聖書批判

古代社会は、唯体論の世界である。

言葉の前に人体があった。

「光あれ！」と言われた神様の号令の前に御神体が存在していた。少なくとも、声帯は存在していた。

したがって神様の似姿である人体は、言葉よりも前に既にあった。その頃ヒトは言葉を使わずに、ただ歩き回っていただけということになる。聖書と考古学とは、ここに結節点を持つ。

聖書が先か考古学が先かなどという押問答について書くことは差し控える。

ヒトは食べていかなければ生きてはいけない。だから、言葉を話せなくても、木の実を採集したり狩りをしたりはしなければならない。そうでなければ、早晩ヒトは、死んでしまうに違いない。ジャワ原人、北京原人、明石原人のように。

たとえ、餌にありつけなくて涙をこぼしながらであっても、狩りには出かけなくてはならない。

その人体に、言葉を与えたのが神様である。

だから人体がまずあって、その人体に、御神体がどこかから近づいてきて、何らかの語句を与えられたことになる。電光石火のごとくにである。

その語句は、どう発音する語句かは知るところではない。しかし、何らかの意味は有していたであろう。何語であるかも不明である。

人体は、衣服を着ていたかどうかも分からない。だが、人体があったことだけは確かである。

ここに、身体を基準とする哲学、唯体論が生まれた。身体とは、人間のカラダのことを指称する。

オリンピックは、唯体論の土台の上に立っているのかどうかは分からない。が、何らかの関係はあったのではないか？

第1回オリンピック（古代ギリシアのオリンピック）が実施されるまでは、あのギリシアのあたりは、あるいはエデンの園であったかもしれない。そうだとすれば、そのエデンの園には、アダムとイブ以外にも、多くの男女が裸で歩いていたのであろう。ボッティチェリの絵画「ビーナスの誕生」は、楽しい空想の翼を広げてくれる。

「健全な精神は　健全な身体に宿る」というオリンピック精神の根底には、この唯体論があったかもしれない。すなわち、「人間」をすべてのモノやコトの基礎に置く発想法は、ここに始まったと見られるのである。だからこそ、ルネサンスという歴史現象が、この古代ギリシアの文化に起点を求めたのであろう。

いずれにしても、古代社会の原初の哲学は唯体論であった。マルクスびいきではない私には、哲学史の出発点に立つ哲学体系が唯物論であったなどとは、到底思えない。

ギリシア神話のミネルバ神（別名　アテナ神）と日本神話の思兼神《おもいかねのかみ》が大きな共通項を共に有しているのも、不思議と言えば不思議である。両者とも、「知恵の神」という点で変わりはない。

最後に飛び立つ「知恵のふくろう」ミネルバと、天照大神を補佐する筆頭家老、「知恵の参謀」思兼神とは、同職者であると言うことができる。

オリンポス12神に合わせて、日本の神々から十二神を選抜し、神兵隊を組織するとすれば、次のような形になるかもしれない。

神兵隊

主神　祟神

左大臣　神将　甕速日《みかはやひ》　雷光神

右大臣　神将　熯速日《ひのはやひ》　雷火神

男性班長　男性武人　いわつつのお

女性班長　女性武人　いわつつのめ

武装部長　たけみかづち

軍刀部長　いわさく

普通兵長　かぐつち

普通兵長　はにやま
普通兵長　みつはのめ
普通兵長　くくのち
レインジャー部長　ねさく

この12人の神々から成る神兵隊が、具体的な戦況地図に合わせて、日本十二神の行動軌跡をアニメの中で描くこともあるかもしれない。

また、現代の経済事情に即して言えば、日本神話の方では、天照大神という女性社長の下に思兼神という技術部長が盛んに頭を捻っている、会社に類似した経済結社のアニメ映像を連想させる。

将来、このユートピアに、株式会社という経済結社以外に、株式公社という経済結社も並び立つということがあり得るのであろうか？　大物主神の采配が待たれる。

民間会社と、それ以外に、公有制に基づく株式公社とが併存することになれば、民間経済と公有経済とが同時に一国内に存在する混合経済方式の経済体制が存立することになる。流通過程はいささかの変化もない。まして、消費者が商品を購入した後の、代金の決済過程には何の関係もない。

生産過程での病理現象は、生産過程内で治癒させることが可能であるはずである。したがって、市場に向けて、出来上がった商品を発送し終わる時点をもって革命は終わる。

日本経験主義は、資本主義的経済政策に加えて、社会主義的社会政策も、社会実験を行わなければならなくなったようである。

ついでに言えば、政治的には、労働者本位の党が二つあることになる。唯物論の党と唯体論の党と。

果たして、創造主はペテン師であったのだろうか？　創造主が地球を創造されたのは、太陽暦の下でであったのか、七曜制がそこに存在していることになっている。地球創造時には暦は、太陰暦であったのではないか？　すると、一週間は五曜制であったように思うのだが……。

冬の星座

今、真夜中の3時を少し過ぎたところである。やっと研究活動が終わった。季節は冬、師走も押し詰まった年の瀬である。

やはり、まだコロナウイルスのパンデミックは解決を見ない。どころか、ますますひどくなる徴候さえある。日本国内では、金回りが悪くて困っている業者さんや、給料の支払いが悪くて無事に年を越せるか心配する労働者たちも多いだろう。住宅ローンがまだまだたくさん残っている人や、大口の取引を扱っている会社などは、どのようにして支払いを済ませるのだろうか？　会社によっては、2回不渡りを出して倒産の憂き目を見る会社もあるだろう。倒産（この場合、黒字倒産もあり得るが）ともなれば、経営者だけでなく、労働者も1人残らずいっぺんに失業者になる。この年末の12月にもなって、寒風の吹きすさぶ中に放り出されることを意味するのだ。

そのつぶされた会社の従業員たちは、1人残らず全員、翌日からの生活費は保障されなくなる。経済学では、資本家として区分される大口株主たちはすぐに生活費に困ることはないだろうが、NISAを利用している一般小口の株主たち（一般に普通の労働者がほとんど）は、株が売れなくて、換金不可能になる。株価が安過ぎて問題にならないのだ。だから、普通の社会人は、労働者という自らの立場に立とうが、生産者側での立場を離れて、一般の消費者側の、大衆消費者の立場に立とうが、いずれにしても金の出ることばかりで、入る方は、まったく入らなくなるのだ。

金は入ることなく、ただ出ていくだけではもちろんすぐに干上がってしまう。翌日か翌々日には、持ち金ゼロになること、請け合いなのだ。

こんなことなど、新入社員でも知っている。ただ、今はいくら損害賠償請求をするか、を算出しているところであろう。むしろ遅れているように見えるのは、目の玉が飛び出るほどの天文学的な数字になるからであろう。バカというか、生きた経済をまったく知らない。理屈の在庫は山ほどあるはずだのに。

価値はたくさん生産できても、それが金にならなければ、ただの価値でしかない。価値は、押し出して（＝実現させて）こそ、役に立つ金そのものとして金色に光り出すのだ。価値のままでは、電球一つ買うことはできない。学校頭《がっこうあたま》も大笑いと言ったところだ。

今夜も夜空には、オリオン座が輝いている。3個のオリオンの星々は、この寒い冬にはよく見上げたものだ。受験生諸君には、カレンダーをめくればただちにセンター入試に突入する。ただの学校頭に陥ることなく、地頭《じあたま》力を鍛えてほしい。

地頭力を、この受験を絶好のチャンスと考えて、徹底的に鍛え上げること、それのみが、学校頭を脱却し、自分頭《じぶんあたま》を創り始めるスタート台に立たせてくれることになるのだ。あくまでも、学校の名前になどこだわる必要はない。

性心理学

性心理の動きは野性の声である。野性の遠吠えは心理過程を通って現れてくる。したがって、性心理学は心理過程の分析より始まる。この世を軽快に生き抜いていくためにである。

和霊とは、和《やわら》ぎの霊とも言う。この和ぎを作り出す夜の営みが、セックスである。セックスとは、和ぎを作り出す手段であり、また、そうでなければならない。間違っても対立を相互間に生み出すようであってはならない。もちろん、セックスは心理過程ではあっても、心理学だけで片付くものではなく、生理学をも必要とする。そのことを承知の上で、性心理学を述べてみることにする。

性科学の分野は、大きく分けて、性心理学、性生理学、性病理学の3種類に区分される。フロイトの提起したリビドー論は、物理学におけるエーテル論と同じく、単なるポテンシャルエネルギーの貯留所論と考えるべきである。その潜在エネルギーの活躍は、貯留量が大きいほど高いものと期待される。したがって、インポとは、その貯留所に蓄積されている性ホルモンの合計貯留量の減少を少しずつ繰り返すことによって、活動エンジンが払底している状態をいう。その払底する状態に至った原因が、精神にありとするならば、性心理学的なもの、臓器や筋肉にありとするならば性生理学的なもの、と考えるべきであろう。

なお、性心理学だけに限らず、一般に異常心理学的なものは、性病理学的なものと一緒にして、心理異常、状態異常、疾病異常、の3種類に区分されるものと思われる。

外来診療は、臨床心理士の働き口を確保する意味においても、心理科、という窓口を設けるのが適切と考える。

社会現象学序論

「すべて歴史は、人間関係の歴史であった。人間は、昔からいた。ただ、その組み合わせが違っていただけである」

人霊、地霊、言霊と日本には役者が揃っていた。地上のナスカ絵を見よ。あの絵模様は少しも変わりはしない。しかし、その絵の意味は刻々と変化する。少数説が多数説となり、多数説が少数説となる。この千変万化は、世の習いである。世の習いに従って、人間関係が成立し、そしてまた消えていった。

　人間関係は、人が最低でも2人いれば成立する。自分1人だけしかいない時は、成立しない。それは、夫婦が1組いるだけで人間関係が成立するということを意味する。ということは、地球上に男性1人及び女性1人だけで社会という人間関係が成立している時代があったということをも意味する。

　この時代には、階級闘争はなかった。そのうち人々が相分かれ、階級闘争が行われるようになった。だから、階級闘争が行われ始めてから以後の時代を古代と呼ぶならば、それ以前の、階級闘争も何もなかった牧歌的な時代を上代と呼ぶのが、時代区分論としては適切であろう。

『魏志倭人伝』で周知のように、古代社会は数限りなく階級闘争が行われていた。100余りの国々（正確には集落グループであろう）で階級闘争の延長線（権力闘争か階級闘争か、モミ殻のあるなしが両者を分かつ証拠物件）が闘われ、大人《たいにん》グループ（正確には階級か？）と下戸《げこ》グループがすぐさま左と右に分かれて土下座し、大人グループも下戸グループもお辞儀の姿勢を取る、という記述を見ると、我々はまさに今、徳川幕府の江戸城に、参勤交代をしながら登城する大名行列を、邪馬台国の時代に実際に見ているかのごとき錯覚に襲われる。事実はそのようなものであったのであろうか？

上代社会は、牧歌的な神々の時代であった。人間同士互いに争い合うこともなく、ドビュッシーの「牧神の午後」のような、のどかな春の日差しを受けた人々の田園風景が、あたり一面に広がっていたのであろう。これは、マルクスとエンゲルスにより、原始共産制というふうに述べられている。

この辺りは、歴史学の守備範囲にはなく、言ってみれば、それ以外の神学の研究範囲に入るであろう。したがって、歴史学では、階級闘争の古代史から入り、神学では、牧歌的な上代史から入っていくことになる。歴史学と神学では守備範囲にズレがあることに基因するエアーポケットが、そこに口を開けているのである。

歴史学と神学との壁を取り払い、ただ単に時系列的に並べられた事実群に絞りをかけていけば、果たして、どのような人間関係論が現れてくるであろうか？

時は古代である。人と人とがいて、適切な言葉を通して互いの意思を確かめ合いながら、人間関係を深めていく。人の魂が言葉を使って、人間関係を営む。人霊が他の人霊と、言霊をやり取りするのである。そして、そのようなことが一生続き、やがて死亡した時には、その生活していた故地に埋められるのである。恐らく（上代や）古代のことだから、土着霊として地霊化したのであろう。

これらのことから、少なくとも基礎的人間関係としては、人霊、地霊、言霊の三種が必要であることが分かる。

もちろん、時代は近代ではないから、法治主義というものもなく、家柄制度も確立しきってはいない。つまり、M・ウェーバーの言うような合理的支配も伝統的支配も行われてはいなかった、ということである。あるのはただ、カリスマ的支配でしかなかった。

古代日本の天皇制は、古代エジプトのファラオ制と並んで、そのカリスマ的支配力がとても大きかった。だからこそ、あのような巨大な墳墓を構築するのに至ったのであろう。

「神ある時代」の、とてつもない人民動員力であった。

書物によっては、霊魂を仲立ちとした人間関係を中心にして、（経済的権力関係ではなく）宗教的権力関係が支配的であった時代の種々相を、人間関係の総体として明確にしたものもあるであろう。

宇宙基地

日本が月面にでも宇宙基地を持っていて、そこで何らかの製品を生産する工場を経営しているると仮定しよう。その工場を経営しているのが、会社という営利法人であるとしても、そうでないにしても、製造工程もあれば、通商過程や決済手続もある。

今、この宇宙基地で働いている人間は一人もいないとしよう。そう、全員がロボットであって、そのロボットが、オートメーションシステムに乗って、ロボット過程を毎日こなしていると想定するのである。

そうすれば、たとえば、ロボットA、ロボットB、ロボットCを、ロボットAは生産担当で主に製造工程で働くもの、ロボットBは営業担当で主に通商過程で働くもの、そしてロボットCは経理担当で主に決済手続で働くもの、といった形で、その会社の人事政策の特徴も表される。

この宇宙生産システムでは、もちろん生産手段はあちこちに使われており、不変資本として資本は深化しているはずである。つまり、マルクス流に言えば、資本の有機的構成は高度化している。問題は、この高度化した資本が（大都市に集中してはいるが）全国に張りめぐらされているところへまた、労働者階級という可変資本を全国にわたって配分すれば、せっかく高度化した資本が、たとえ一時的であるにせよ、その有機的構成を低度化させる。しかし、たとえ一度は有機的構成を低度化させても、全国に分散された労働者たちを中心的基軸として、（あたかも人返し令が布告されたかのように）地方の拠点都市へまた、労働者が集中し、その労働力の塊に、今度は不変資本が付着してくるから、やがて総資本

(＝不変資本＋可変資本)における不変資本の割合は高度性を回復し、今度は割合(＝相対数値)だけではなく、絶対数値においても、ジワジワと巨大な回復ぶりを見せるであろう。そして、このことを通して、経済が資本主義から社会主義へと、次元的に移行しつつあることを、自ら確認することができるに違いない。

ここで重要なのは、経済の拠点をどこに置くかという問題である。私が中央経済ではなく、地域圏単位に重心を移したのも、この点を考慮してのことである。つまり、九州経済圏、中部経済圏などの地域経済圏の編成に着目したのも、全国規模で同時に、次元を移行していけるようにとの配慮による。近畿経済圏、関東経済圏などすべて同じ謂である。つまり、これは直接投資でもなく、証券投資でもない。経済が二次元から三次元へと移っていくためには、確実に必要なものなのである。x次元とy次元だけの経済が、$f(x, y) = z$という第三の次元が作られ始めるからである。つまり、$x = g(z)$、$y = l(z)$という二つの関数が、zという従属変数を中軸として独立化し、従属変数によって結合したx軸とy軸以外に、その共通変数(ヘーゲルの言う「契機」)zを、第三の直交軸として持ち始める。(従属変数が次第に独立変数化する。しかし、変数性は変わらず、定数にはならない)

そして、ここに二次元経済が三次元経済へと変化し、角度0度の経済が、角度360度の経済へ変成岩のように変成し始めるのである。これは、まさに資本主義経済の社会主義経済への離陸である。旅客機の離陸ではなく、宇宙船の離陸である。

ところで、そうした生産手段（生活手段は生産手段ではない）を購入ないし製作するための資本金を集合させるための技法は、資本制度と呼ばれる。この資本を変成するために、株式制が利用される。

株式は、一旦成立すれば株式市場で売買されるから、商品である。株式は、有価証券であるから、小切手や手形と同じく一定の価値額を表象する価値表象となる。使用価値は、生産手段の所有権にある。M&A（企業買収）は、ここを目的とする。

有価証券は価値表象であるから、当然のことながら、表記の金額を請求する代金請求権を証券化したものと言える。株式は毎日その価額を変え、その変化は、毎日の株式相場の変化（上がったか、下がったかなど）としてマスコミを通じて公表される。

ここでしばらく株式のことを考えてみよう。自分が会社へどれだけの財産（主に金銭）を提供しているかを示す割合が、大きいか小さいかで大株主とか中小株主とかに分れるが、それが、株主総会での発言権や議決権の大きさにただちに響いてくる。だから、たとえば、株主Xが100万円出資で20票、株主Yが1億円出資で2000票、株主Zが10億円出資で2万票（以上、5万円で1票として計算）という形になる。

だから、株主総会（会社組織の最高の議決機関）で行使できる票数は、X＝20票、Y＝

2000票、Z＝2万票を限度とすることになる。この出資金の多寡により差を付けた投票制は格差型投票制である。これが非格差型投票制なら社会主義なのかはまだ確認していない。

経済面での格差型投票制か、政治面での非格差型投票制か、どちらが公正と言えるのか、筆者には判断するだけの能力を有しないが、直感的には、経済面→格差型、政治面→非格差型の現行法制に、大きな問題点があるとは思えない。

上記のX＝20票、Y＝2000票、Z＝2万票の票数で、議題の賛否を問い、議論を通して票数を争うことになる。その上で得票数の多い方に決定し、株主総会での正式決定とする。

いわば、資本金とは、全株主の出資金の合計であり、その出資割合が、株主総会では大きな意味を持つことが理解できたであろう。

資本主義から社会主義へと離陸するためには、平板な経済から、立体経済へ跳び立つための関門をくぐり抜けなければならないようである。

私の天才論——随想風に

はじめに、〈神才＞天才＞秀才＞凡才〉という不等式を紹介する。誰かが立てた学説というのではない。私がその存在価値を比較して大きいものから順に並べればこのようになる、というただそれだけのことである。不等式も不等号という数学記号で関係づけられた関係式だから、それ自体レッキとした一個のワールドを形成している。一種の序列づけられた人間集団は、やはり一つの、特殊に意味づけられたワールドであろう。政党で言えば、共産党とかナチスという例が考えられるし、会社自体が、ある角度から見れば、不等式の世界なのである。政党でも、我が国の自民党や立憲民主党・国民民主党などは、不等式の世界ではなく、等式の世界のように思われる。

この代数学における不等式論は、等号という数学記号で関係づけられた関係式とは違って、不等号で前提された、あるいは不等号で展開された関係式の世界である。

この不等式の世界は、大学数学の微分の記述の中にチラリと現れる。つまりε-δ論法である。不等号で記述される代数学の分野は、まったくの手つかずでそのまま残っている。数学上未開拓な分野なのである。

代数学・幾何学・解析学と研究を進めてきて、最近は天体物理学や数理経済学にも手を伸ばし始めた私には、根っから本質の違った芸術上の業績もあるので、この業績も包摂するとすれば私の専攻分野は一体何と特定することができるのだろうか？

今までには、一有権者としての改憲提案もあったので特定することは難しいが、その指導形象を考えれば星座論ということになるであろうか？　元々、星雲説というのは、哲学者カントも主張したことがある学説であるらしい。そう、あの哲学界にコペルニクス的転回をもたらした大哲学者カントである。彼には、「永遠平和のために」という小著もある。誰もがその名前を知っているカントという大哲学者こそ私に決定的な影響を与えた哲学者ということになろうか。

数理哲学については、ラッセル卿の『数理哲学序説』に任せ、哲学一般について考えるならば、カント哲学の『純粋理性批判』や『実践理性批判』に出会った時のことを懐かしく思い出す。科学者は純粋理性の持ち主であるだけでなく、すべからく実践理性の持ち主であることも要求される。

純粋理性と実践理性は、まったく次元を異にする。純粋理性を x 軸とすれば、実践理性は y 軸なのである。すなわち、1点 (x, y) は平面上では二次元の存在物であることを意味するのであるが、この存在物の次元性に鋭く着目した者が、これまた天才のデカルトなのであった。

哲学史的な話を別にして、しばらく精神論に思いを潜めれば、カントのア・プリオリとア・ポステリオリの分別は、新鮮な衝撃を私に与えたことを思い起こすことができる。ア・プリオリの直感脳（右脳）とア・ポステリオリの論理脳（左脳）は、バランス良く用いるのが研究活動の上で大切なことであろう。

大脳前頭葉は、常識的に言えば、立体的なものであることは間違いないから、リーマン空間であるかないかにかかわらず、数学的に見るならば、もう1本の次元軸、すなわち奥行きのz軸がどうしても不可欠となる。この3本の軸、x軸・y軸・z軸の3本軸で、人類の大脳組織は把握され、人間の認識論は完成する。

認識論の土俵A_1での取組（対戦）は、以上のように左脳対右脳という形で展開される。そのほかに、存在論という、別の土俵A_2がある。ここで戦っている2力士は、観念論という力士と唯物論という力士の、2名である。さしずめ、関脇《せきわけ》観念論vs.横綱唯物論といったところか？　横綱唯物論は巨漢らしくて、彼が出てくると重苦しい気分がする。

何が言いたいかというと、デカルト的三次元空間、端的に言えばまさにユークリッド空間においても、z軸という奥行き感性を手に入れることにより、普通の人間であっても、天才に限りなく近づくことができる。

天才にすぐ続く普通の人間であっても、学識経験の豊かな、たとえば京大教授と天才との間に大きな溝が横たわっているであろうか？　とてもそんなふうには考えられない。普通の会社員や公務員とか主婦の人たちを普通程度の平凡な凡才とすると、京大教授や東大教授などはやはり（少なくとも）秀才に属するであろう。

この秀才の一群に対して、発想の特異さを特長とする天才という、さらに少なくて高い能力の持ち主たちがいる。

奥行き感性を手に入れる、と先ほど私は述べたが、凡才と秀才とを一括して普通の人間として見た場合、普通の人間が天才に限りなく近づいていくプロセスにおいてなされた努力が、その努力をまったくしなかった人に対し、相対的位置関係をガラッと変えてしまうこともある。何回かの模擬受験で、ライバル同士、評点の方面で逆転現象が起きるのも見慣れた光景である。

「頭は使えば使うほど良くなる」と世間で言われることが多いが、これはまた、裏返せば「頭は使わなければ使わないほど悪くなる」ということも言えるのである。人間がバカになる原因をこれほど鋭く指摘した警句を、私はほかで見たことがない。

人間には、インスピレーション（霊感）を備えた人がいる。この霊感を特に多く備えた人を天才と呼ぶ。この天才という種類に属する人々は、周囲のそうでない人々から嫉妬を受けやすい。中には、ストーカーのようにしつこく天才の命を狙ってくる御仁もいる。彼らの陰湿さは、異常である。必ず決着をつけてやると言わんばかりである。何も、天才から被害をこうむった事実もないのにである。

彼らには、天才が次々と業績を上げるたびに、自分の無力さ、能力の無さを強制的に知らされるような気がして、自分の自尊心を維持すべき必要性をひしひしと意識するのであろう。何か手を打たなければ、自分がチヤホヤしてもらえる期間が短くなる、という切迫した気分に襲われるのでもあろう。

凡才は、天才と自分との位置関係を、はじめからとても挽回不可能なものと観念しているから、そういう追い詰められた気分にさせられることはないだろうが、秀才にはよくありがちな、負け惜しみ的な気分であると思われる。秀才の一種の防衛機制の現れとも考えられる。多分に、その秀才の心の狭さから来る恥ずべき心の構えであると判断できる。

この心の構えが、自分の何かの復讐本能と結びつけば、反撃対象として目の前の天才が偶然にしろ選ばれてしまう危険性は、かなりあるのではないかと考えられる。

このような時、ある時点で（タイミングさえ揃えば）何かをキッカケとして（一語の発せられた音韻だけでもよい）一挙にその天才に躍りかかっていくことも、かなりの確率であり得るであろう。そうした予想が立った場合に、いかなる刑事政策を打つべきかは、優れて法医学の分野に委ねられるべき研究課題であると思われる。

ともあれ、凡才と秀才はまったく霊感を感じたことがない人、天才は霊感をよく感じる人であり、そこにはハッキリした一線が横たわる。この横線より上に位置する天才は、ハッキリ言えば別種の人間に属し、外観的にも外見的にも、すぐ気づくことができる。凡人とは何かが違い、その相違感覚が常に、何らかの良好な残存効果を、接した人に及ぼし続けるのである。ちなみに、天才は、知能指数で言えば概略、ＩＱ１４０以上とされている。ＩＱ１４５あたりに、いろいろな分野の天才が集っているようである。

これらの、天才のほかにさらに上の方に神才と言うべき人々がいる。この神才は、めったにいるものではなく、たとえいたとしても宗教の分野に片寄ることが多いようである。たとえば、釈尊（釈迦）やキリスト、あるいはマホメットといった、神に近い仕事をし、神に近い業績を残した、ごく少数の人々である。

これらのごく少数の人々は、人類の数少ない最高指導者として、世を救い、人を救う聖哲となる。ギリシア哲学で論じられた哲人政治とは、本来この人たちの少数寡頭政治のことを指すのではないだろうか？

なお、神才には、霊感はもちろんのこと、遠感まで備わっているように見受けられる。遠感とは、日本では、地獄耳とか千里眼といった形で表現されることが多い。はるか遠い、宇宙の果てから電子線を送ってくるかのような、何かズバ抜けたような感覚に襲われるようである。

神と神才とが何かそれぞれの意思を連絡し合っているような時があるが、このような時に働いている力は、神通力という力であろう。

春の夜

今は2022年4月21日夜中の3時45分、十三夜の月がかかっている。周囲に星々が薄い光を放ちながらまたたいている。形が見分けられないから星座の名前は分からない。静かな夜だ。周りはすっかり寝静まっている。しかし、とっぷりと暮れ果てた夜空ではない。つまり、アーチを連想させるような弾力性がないのだ。平板に近い、薄っぺらな夜空だ。

テレビをつけてみる。画面は、中世のキーウを映し出している。

中世の落ち着きを見せるキーウ公園は、暮れ方のようだ。風景は生き生きしている。どうやらここここは、機械派には属さない。温《ぬく》もりがある。人間らしい温もりがひしひしと伝わってくる。中世の温かさだ。

しかも、フランスのようなツンツンしたところもない。ことさらな貴族趣味もなく、庶民の顔をしているのがキーウのようだ。

京都市は、このキーウ市と姉妹都市である。

一体社会主義国では、主権は誰の手の中にあるのだろうか？「万国のプロレタリア団結せよ！」という叫びは、プロレタリア主権を指すのか？

社会主義国の主権者は誰か、まったく聞いたことがない。社会主義体制が共産主義体制に移行する時、誰の判断に基づいて体制の刷新を行うのであろうか？

プロレタリア独裁か、共産党の一党独裁か、はっきりさせないまま今日まで来たのが実情のようだ。というのも、プロレタリア独裁という評語に対して、人民民主主義という評語もあるからだ。

このような学説状態に鑑みれば、頭書の疑問に対する答えは、おそらく人民主権説が正解なのであろう。

この主権学説に基礎を置いているからこそ、人民民主主義という造語がなされたもののようである。

しかし、このマルクス主義的造語も、世界的な勢力地図の中では少数説にすぎない。やはり、国民主権説が今でも憲法学の中では多数説のように思われる。

なぜなら、国連総会の議席構成を見ても分かるが、その議席の根拠は国民国家論にあるからだ。したがって当然、ストレートに一国一票制度に落ち着く。

人民主権説なら一国一票ではなく、世界一票という結論になる。国連総会に議席を持つのは、世界中でただ一か国だけに限られてしまうから。一か国だけポツンと国連総会の議場に座っていて何をするのか?

さて、ここで多数説の国民主権説に対し、あえて住民主権説をぶつけてみよう。もちろん、最初から多数説であるということはない。初めは、我が単独説にすぎない。

そこで現行憲法の第八章「地方自治の章」を通覧すると、第九十三条が最も特徴的である。つまり、あなた方にも地方選挙を通じてなじみがあるように、(地方の)合議機関と(地方の)実行機関とが同一次元で対等に並んでいる。両頭体制を取っているのだ。

しかし、よく考えてみれば会社も同じである。会社も取締役会と監査役会との両頭制度を取っているからである。地方自治としては念入りに作られているが、古代ローマの両頭政治を見る思いがする。

内閣は国民に選ばれることはないが、日本の地方首長(知事・市長など)は、住民に選ばれることになっている。民主度は、中央より地方のほうが高い。

したがって、民主主義は地方に原点を合わせるべきなのではないか？　草の根民族主義は、住民目線に立って物事を考えることによってのみ立ち現れるはずである。
47都道府県＝日本国
だからである。
リンカーンの言う
　of the people, by the people, for the people. の
　of the people は主権問題
　by the people は民主主義を意味する手段問題
　for the people は名宛問題
と考えることができる。
社会主義とは、for the people な政策体系を積み重ねることによって可能となる。構造改革を計画的に積み重ねることによって実現するのが本則であるはずであろう。民主主義社会派による革命ではなく「国づくり」の問題だからである。
この体制下で地域経済圏を、たとえば8個ぐらい作れば、全部足し合わせると、大八島《おおやしま》にふさわしい日本経済が全国単位で立ち上がるであろう。
なお、日本では、江田ビジョンが、この構造改革路線で有名である。非マルクス主義的

な社会主義思想である。

非マルクス主義的社会学

初秋のある日に夢見た白日夢について記してみたい。

どうやら、革命の暗い夜の闇を抜けたようだ。日本中を巻き込んだ大騒動も、夜明けの太陽が昇ってくる時間になりつつある。国造りの手順が進み始めたからである。いよいよ、民主社会主義の大きな姿が立ち現れるであろう。独裁社会主義ではない、非マルクス主義的な社会主義の姿である。政治・経済だけに限らないから、権力闘争や階級闘争にとどまることがない。この大騒動の影響は、社会面、文化面にまで及んでいきそうな雲行きなのである。

社会面では核家族制を否定して、中家族制を創設し、文化面については、品性・品格に富んだ社会のヴェールを身にまとうことになりそうだ。乞食の衣装を脱ぎ捨てた上での話である。

ここまで来れば、もう明らかにこの大騒動（完全に大革命の形と言って良い）は終結の

郵 便 は が き

料金受取人払郵便

新宿局承認

7553

差出有効期間
2024年1月
31日まで
（切手不要）

1 6 0-8 7 9 1

141

東京都新宿区新宿1－10－1
(株)文芸社
愛読者カード係 行

お名前《ふりがな》		明治　大正 昭和　平成　年生　歳		
ご住所《ふりがな》	□□□-□□□□		性別 男・女	
お電話番号	（書籍ご注文の際に必要です）	ご職業		
E-mail				
ご購読雑誌(複数可)		ご購読新聞 新聞		

最近読んでおもしろかった本や今後、とりあげてほしいテーマをお教えください。

ご自分の研究成果や経験、お考え等を出版してみたいというお気持ちはありますか。

ある　　ない　　内容・テーマ(　　　　　　　　　　　　)

現在完成した作品をお持ちですか。

ある　　ない　　ジャンル・原稿量(　　　　　　　　　　　　)

名					
買上店	都道府県	市区郡	書店名		書店
			ご購入日	年 月	日

書をどこでお知りになりましたか?
1.書店店頭　2.知人にすすめられて　3.インターネット(サイト名　　　)
4.DMハガキ　5.広告、記事を見て(新聞、雑誌名　　　)

の質問に関連して、ご購入の決め手となったのは?
1.タイトル　2.著者　3.内容　4.カバーデザイン　5.帯
その他ご自由にお書きください。
(　　　)

書についてのご意見、ご感想をお聞かせください。
内容について

②カバー、タイトル、帯について

弊社Webサイトからもご意見、ご感想をお寄せいただけます。

ご協力ありがとうございました。
※お寄せいただいたご意見、ご感想は新聞広告等で匿名にて使わせていただくことがあります。
※お客様の個人情報は、小社からの連絡のみに使用します。社外に提供することは一切ありません。

態勢に入ったと認定すべきであろう。国造りの動きは、革命の総括を意味するからである。

中家族制とは、どのような家族制か。これは、夫と妻の合意のみを中核とする社会とする社会体制ではなく、夫と妻の合意を基底としながらも、子や孫、そしておじいちゃんやおばあちゃんも含め、さらに必要とされる場合にはおじちゃんやおばちゃん（伯叔父および伯叔母）まで包み込んでお互いに助け合うための家族制を基本単位とする社会である。つまり、老後の生活を保障する受け皿となる家族制を作り出すのである。そのためのまとまりを日本全国にわたって整備しようとする動きが今始まったばかりのようだ。

言ってみれば、三親等内で一家族とみるような、社会性を取り込んだ家族制である。これは、暖かな温度性を持つ、日本人好みの社会制度である。そして、この規定ベクトルを土台とした体制を、私は社会主義と呼ぶ。

マルクスのように経済を土台とする体制ではないが、皇室典範でも、第二条第一項を読めば分かるように、皇伯叔父が最後尾の皇位継承順序として列挙されているところから考えて、三親等までを社会の基本単位とみなしているようなのである。

したがって、社会主義は日本の場合は、皇室だけでなく一般社会の成員まで含めすべて三親等までで一旦区切って、その範囲内で構成するのが、家族制度のあり方としては順当であろう。

これはマルクス主義のような経済主義ではないから、非マルクス主義である。しかも老後の生活をもにらんだ社会を射程に入れた国家体制であるから、社会主義である。つまり、まとめて非マルクス主義的社会主義である。

この社会主義の姿は、かつての「社会党VS共産党」という構図で見れば社会党の勝ち、といったところであろう。少なくとも、日本人の体質には合致していると思われる。得票数の差を見れば、やはり共産党は他の政党に比べて極小政党でしかなかった。

日本で急ピッチで進められつつある民主社会主義が、日本民族だけに限定されることなく、世界中の各民族にまで広がれば、民主社会主義を何個か含んだ民族社会主義が一つ成り立つのかもしれない。

今はまず、家族制度をしっかりしたものにする仕事に専念すべきことになるのであろう。

日本神話論

日本神話について考えてみよう。ギリシア神話やインド神話ではない。

日本書紀によれば、「天地の中に生《な》った一物《ひとつのもの》」と記されている者が神《かみ》と化為《な》ったという。

名は、国常立尊《くにのとこたちのみこと》と称されていたようである。『日本書紀』巻第一の「神代の巻」に記されている。

地質時代のことも考えると、『日本書紀』に書かれているそのままが実際にあったこととも思えないが、ここでは文献考証に拠《よ》らず、一から考えてみることにしよう。

一般的に言って、物質は固体・液体・気体のうちのどれかの形を取るが、それら三態のうち重い物は固体であるから固体がまず地を形成し、軽い物は気体を形成する。したがって、気体は寄り集まれば天を形成することになる。つまり、天は上にあり、上方に形成され、地は天に比べて重い物質でできているから、上の方ではなく、下の方に形成されていく。そして、それぞれがそれぞれで集まっていった結果、上の方には天、下の方には地が開かれることとなった。（天地開闢《かいびゃく》）

天と地とでは、まず成層圏やオゾン層という気体が生じているのでなければならない。地が天より先にできていたとすると、天という空気層が全然存在することがないままに、ゴツゴツした岩山だけが周囲の空気層に包まれることなく、ボッとそこにあった時代がまさに実在したということになるが、これはあり得ない。なぜなら、星は腕宇宙から生じてくるようであるが、その星を形成する前は、ずっとその位置には気体が存在したと考えるのが常識的な仮説だからである。（地球についても、地球という大地ができて来る寸前ま

では、その位置座標の位置には気体があったであろう）

以上より、天と地とが、①天の世界　②地の世界と順に成立した後、その天地だけの世界（魚眼レンズの中のような）に、日本神話では、国常立尊が成り出《い》でた。その時代は、恐らく考古学的な時代であろうから、天地の中で雨が降ったりして液体が出現したものと思われる。

以上のように、物質の三態は、気体・固体・液体という経過をたどって来たものと思われるが、これを『日本書紀』は、科学の法則通りに書き記している。

なお、法則ついでに進化論の知見も取り入れて考えれば、鉱物の時代・植物の時代・動物（たとえば恐竜）の時代・人物の時代と進んできたプロセスの中で、魚眼レンズの中にいるような気配を感じるのは、まさに系統発生から言って魚類そのものだけではないか？

（今まさにそのような感じがしている）

すると、この原稿を書いている私自身が疑似体験として、系統発生の初等段階を経過しつつ化身しているということではないか？

（今ちょうど、アーモンドあるいはラグビーボールの中から外を見ているような感じがしている）

日本神話では、神は、この気体・固体・液体の三態が現れ出でた後に、葦牙《あしかび》のような様子をしながら（考える葦のように、うつむき加減で？）成立してきたという。自らの主体的な意志に基づくのか否かはハッキリしないが、そのことは神学の将来の課題であろう。

以上から、神は地球（固体）ができた後に成立していることになるから、神が地球を創造する前から存在した、ということはできない。つまり、地球の成立よりも神の成立の方が新しいから、時間的平行関係から言って、神が地球を創造したという学説は誤りである、ということになる。

つまり、地球が創造される前には、神はいなかったのだから、当然、創造自体もなかったということになるのだ。

▼第三章　研究――数学・物理学

幾何学の一つの考え方

第一　次元

平面図形は二次元の世界に描かれる。三次元の世界には立体図形が描かれる。そこへ座標というものを導入するだけで別異の世界に切り変わるのだ。二次元は x 座標と y 座標、三次元は x 座標と y 座標と z 座標。

導入する座標というものには、幾つかのものがあるが、次の4つを考えてみよう。

イ. 直交座標――直交する2つの直線が形作る座標

ロ. 斜交座標――斜交する2つの直線が形作る（たとえば60度で交叉する2直線）座標

ハ. 極座標――r と θ と φ の3つの座標

　あ. 動径 r

　い. 偏角 θ　横角度　地面上での位置

　う. 仰角 φ　縦角度　仰ぎ見る角度

　え. 点の表示P＝(r, θ, φ) 三次元での点の表示（角度2つ）

ニ. 円座標――r と θ の2つの座標

あ．斜径（r_1, r_2）
い．偏角 θ
う．点の表示　P＝（r_1, r_2, θ）平面的三次元での点の表示（斜交軸２つ）

第二　変換

四次元の世界へは三次元の世界の自然な拡張を経るのでなければならない。

今、前節の論説内容を検討すると、二次元から三次元へは極座標を採用することによってスムーズに移行している。ただここでは、点の表示は $f(r, \theta)$ から $f(r, \theta, \varphi)$ へ拡張したものとみなすのである。

すると、二次元から三次元へは何ら作為を弄することなく移行しているから一般的に、n 次元の世界から $n+1$ 次元の世界への移行が可能であることが見て取れる。

そこで、三次元の世界を四次元の世界へ拡張する。

その方法は、$f(r, \theta, \varphi)$ から $f(r, \theta, \varphi_1, \varphi_2)$ へ拡張するという方法を取る。

これは言ってみれば、φ_2 が、元の r、θ、φ_1 に付け加わるだけである。

φ_2 を、時計の数字板のように考えれば、進んだ角度に応じて点の位置がどう変化したかを表す（時間論を内包する）。

$f(r,\ \theta,\ 0°)$という立ち位置点から$f(r,\ \theta,\ 0°,\ 120°)$という立ち位置点に変われば、当然、星の見え方も変わってくるであろう。時間としては、針が１２０度進んだ、すなわち20分だけ経過したことを表すのである。

時刻０時０分から20分経てば、点の四次元的位置は、$(r,\ \theta,\ 0°,\ 20分)$という実体に移っている。(時計の針は4という数字を指していることになる)

従って、３本軸の三次元世界から、４本軸の四次元世界へ自然に移行する、ということになるのである。三次元の世界に四次元目の世界が一つ、透明次元としてくっついたような形になる。

ここで、さらにもう一次元増やして五次元世界を考えてみよう。

$f(r,\ \theta,\ \varphi_1) \rightarrow f(r,\ \theta,\ \varphi_1,\ \varphi_2)$への変換

をもう一度使って五次元世界を実現するには、縦角度をもう一つ使って、

$f(r,\ \theta,\ \varphi_1,\ \varphi_2,\ \varphi_3)$

とする実体を見付ければよい。

φ_3に何らかの（これは時刻以外の何らかの実体でなければならない）物理的実体をあてがえればよい。たとえば、それが臭いだとすると、時刻空間以外に、臭いの度数で表された「臭い空間」が、数学的抽象性をもって存在することとなる。物質的に実際に存在する

に至れば、物理的五次元世界がそこに展開するということになる。

この時点に至ってはじめて「創造主」というものを論議することができることになる。機が熟したということである。（科学と宗教の別れ目）

仏教の１０８つの煩悩というものは、百八次元世界のできごとであろうか？　まさか、１０８つの次元全体にわたっての話ではあるまい。「創造」という仕事は、どこの次元のどのような物を創り出したことを指すのか？『創世記』の内容には、依然として疑問が消えることがない。

なお、以上で使った拡大方法を「湯浅拡大」と称すべきであろうか？

点列論

点列論は複素幾何学でのみ可能である。元々直線は連続点であり、不連続な点を含まないからである。しかも不連続な「点的なもの」を解析的に解明しようとすれば、この不連続な部分を表現する様式を確立しなければならない。それなら、この不連続な部分は、複素数のうちの（純）虚数で表せばどうか？　もし、これが可能であるのなら、実数で表される部分は、連続的な部分だけに限られてくることになる。

要するに、虚数でも表すことのできる幾何学を複素幾何学とするならば、途中で空中に消えることもできる（あり得る）線分も考察できる幾何学がそれに該当するということになろう。この複素幾何学で事柄を考えれば、その事件の隅々まで明確に照らし出すことができるはずである。

一列に並んだ点の列を算式で表すのには、数列形式で並んだ数と点の列とを対応させるのがベターであると考えられる。

点列論は、この穴があちこち開いた点を含んだ一本の直線を考えてその数列を考えるのが早道であろう。

すなわち、目に見える部分は実数、目で見えない部分は虚数で考えるのである。そして、トータルとしては、実数と虚数及び複素数で考える幾何学、すなわち複素幾何学においてこそ、点列論は、十分に分析されうるものと考える。

複素幾何学

受験生の頃、ガウス平面を見ながら、この上にベクトルを置いたらどんなだろうとか、この上で幾何学というものを考えられないのだろうかと思ったりしたことがあった。それまでに学んでいた座表面が違うだけだから、できるハズであった。足許のシートを入れ替えるだけだから。

これができれば、何行かの数列表を、50音図に入れ替えたり、アルファベットに入れ替えたりしても一定の意味が別の意味にそのまま全体として変わってしまうこともあり得るだろう。しかし、何せ受験時代のことだから、とてもそんなことに時間をつぶしてはいられなかったから、そのことはそれきりでそのままたな上げになっていた。

今でも、それは自動翻訳機の製作などの形で可能なのではないかと思う時がある。日本語のシートとアラビア語のシートと、何らかの数表シートと、3枚のシートで互いにひとまとまりと考えることも可能だろう。

それとは少し違うかもしれないが、エスペラント語を国連公用語にする案はどうだろうか？　それも、エスペラント語だけを公用語にするのがよいと思う。そうでなければ、せっかくのザメンホフの努力が無になって、実にもったいない話になるなーと思っている。

それはそれとして、複素幾何学の話に戻ろう。
次の式を考えてみよう。
$\log(\sin\theta, \cos\theta) = \log\sin\theta + \log\cos\theta$
今、これを、
$\log\sin\theta = x$
$\log\cos\theta = y$
とおく。
つまり、θという媒介変数（パラメーター）を考え、それを通じてその$\sin\theta$と$\cos\theta$の対数を取るのである。
$\log\sin\theta = x$
$\log\cos\theta = y$
だから、
$e^x = \sin\theta$
$e^y = \cos\theta$

よって、$\sin^2\theta+\cos^2\theta=e^{2x}+e^{2y}=1$

が恒常的に成り立つ

さて、オイラーの公式は、

$e^{i\theta}=\cos\theta+i\sin\theta$　だから

$$\cos\theta+i\sin\theta=e^{i\theta}$$

$$=\underbrace{e^y}_{\text{実関数}}+\underbrace{ie^x}_{\text{虚関数}}\quad\text{——①}$$

これは、e^x+ie^y　と同じく複素関数　——②

ここで試みに、①+②を作ると、

$e^x(1+i)+e^y(1+i)=(1+i)\ (e^x+e^y)$

上式全体を$f(x,y)$と置くと、

上式$=(1+i)\ (e^x+e^y)=f(x,y)$

となるが、これはx，yという二変数より成る複素関数である。

ところで、$1+i$はガウス平面では45°線の上に乗っている。

ゆえに、$1+i=\dfrac{f(x,y)}{e^x+e^y}$ ——(※)

であるから上式の右辺は、偏角45°、動径は0～∞のあらゆる長さを表示していることになる。

よって、偏角だけ45°に指定されて、動径の長さは何ら指定のない一つのベクトルをガウス平面に描くことになる。

一般的に複素数は、実数＋虚数の形で表されるが、これはベクトル関数であるならば、スカラー関数とは違って、方向の指定性も包含しているのでなければならない。

この関係式（※）は、方向の指定性をも含んでいるから、デカルト座標だけでなく、ガウス座標でも全面的に幾何学が成立することを立証していることになる。

私は、このガウス座標で成立する幾何学を、複素幾何学と呼ぶことにする。

黄金数φの数論

一般に、五芒星においては、そこに現れる二辺の間に一定の等比性があることが認めら

れている。（三角形における残りの一辺は、取り上げた二辺のうちの長い方の辺と長さは同じである）

すなわち、正五角形に包摂される二等辺三角形の長辺：短辺の比の値がすべて黄金数φに等しい、とされているのである。

このことを数式で表すとすれば、次のようになる。

$$\frac{a}{b}=\frac{b}{c}=\frac{c}{d}=\frac{d}{e}=\frac{e}{f}=\varphi$$

もっと細かくマトリョーシカ式に、比例式の数《かず》を増やしていっても、すべて同一のφ、すなわち黄金数に等しいとされているのである。

実際、上記の分数式の分母を払えば、順に

$a=b\varphi$ ——①
$b=c\varphi$ ——②
$c=d\varphi$ ——③
$d=e\varphi$ ——④
$e=f\varphi$ ——⑤

のようになるが、①のbのところに、②を代入すれば、

$a = c\varphi \cdot \varphi = c\varphi^2$

②の c のところに③を代入すれば、

$b = d\varphi \cdot \varphi = b\varphi^2$

ここで、この b の値を右辺の値に置き換え、次いで①に代入すると、

$a = c\varphi^2$

$= d\varphi \cdot \varphi^2 = d\varphi^3$

$\therefore \dfrac{a}{d} = \varphi^3$

よって、一般に a を a_0 とみなすことにより、

$a_0 = a_3\varphi^3 \qquad \therefore \varphi = \sqrt[3]{\dfrac{a_0}{a_3}}$

となる。

以上の検討の結果、黄金数 φ は、

$\varphi = \sqrt[n]{\dfrac{a_0}{a_n}}$

によって求められる数そのものを指す。

ついでに書くと、この数字の行進は、真上から見下すと、規則正しい数字の円順列のように見えるはずである。

複素平行座標について

今、X、Y、Zのほかに、Z′というZと平行な座標軸を考える。X、Y、Z及びZ′は、4本とも独立変数の数値を取るなら、これは四次元世界を意味する。これは、すなわち、X軸とY軸とで形成されるXY平面に、縦に平行に2本、同じような座標を立てることをも意味する。

Zを実数、Z′を虚数ともし考えるなら、Z軸とZ′軸との一組で、同質の平行空間を創り出せば、複素数をグラフ的に表すことができる。なぜなら、複素数では一般的に、$a+bi$において、aを実数、biを虚数と考えることによって組み合わせた数だからである。

ところで、XY平面ではX軸、Y軸ともに実数であるが、このXY平面に極座標を導入すれば、すべてのXY平面上の点が

$f(\gamma,\theta)$

で表せる。ここに、γ、θ、aはすべて実数である。平行座標のうちの、biを虚数だとすれば、

$g(\gamma, \theta, a, b)$

で実虚入り混じった虚実空間を表すことができる。

もちろん、一つの虚数と三つの実数とで表すものは、何でもすべて表現することが可能である。

ここで、このbをtと考えれば、b自体は実数だから（ただし、biは虚数であることに注意）、実際の実数時を虚時刻と読み直すことも可能である。

さらに、aという実数を、単にX軸、Y軸と並ぶ次元の高さのみを表すということにしても、Z軸を「高さ」を表すことだと定義しておけば、$f(\gamma, \theta, z)$で立体空間内の一点を立体座標により特定可能である。

ある点の位置が特定可能であり、しかも前記の逆の経路をたどって、biという虚時刻を介して定時刻に到達できれば、（空間内の位置と時刻）を一挙に特定できることになる。

これは、銀河内の特定の位置A（γ, θ, a）と時刻B（biという虚時刻。一次元であることに注意）が共に、一挙に規定され得ることを意味する。これは、アインシュタインの相対性理論での「世界線」が数学的に解明されたものということである。

物理的には、一定時点での点Pが一定幅の時間に取った動きの軌跡がここに現れたものと考えて、これをアインシュタインの世界線とする。

以上で世界線の分析を終わり、この理論を「世界点」の理論と命名する。

双曲線関数とオイラー

双曲線関数間では、

$$\cosh x + \sinh x$$

$$= \frac{e^{x} + e^{-x}}{2} + \frac{e^{x} - e^{-x}}{2}$$

$$= \frac{1}{2} \cdot 2e^{x}$$

$$= e^{x}$$

という関係があるから、ここに$x = i\theta$を代入すれば、

$$\cosh i\theta + \sinh i\theta = e^{i\theta}$$

ところが右辺には、オイラーの公式が使えて、

$= \cos\theta + i\sin\theta$

よって、$\cosh i\theta + \sinh i\theta = \cos\theta + i\sin\theta$

これは、双曲線関数と三角関数の間の連絡を表す公式となる。
ゆえに、この公式を「湯浅の公式」と命名する。
なお、オイラーの公式において、両辺にr（実数）を掛ければ、

$r\theta^{i\theta} = r(\cos\theta + i\sin\theta)$

$= r\cos\theta + i\cdot r\sin\theta$

ここで、$r\cos\theta = x,\ ri\sin\theta = y$　を代入すれば、

$re^{i\theta} = x + y^{i}$

となり、右辺は普通の複素数を表す。

ということは、普通の複素数が、rとθの二変数で表し直すことができることを意味し、どのような複素数でも、極形式（あるいは極座標）で表すことができるということをも意味することになる。

サイクロイド

サイクロイドに関する関係式は、次に掲げる1セットの計算式である。

$x=a(\theta-\sin\theta)$

$y=a(1-\cos\theta)$

これらは、明らかに周期$2\pi a$の周期関数である。ということは、θを決めさえすれば、xとyは、同時に決まってくるということである。つまり、xとyとは、ふたご関数ということになる。

今、$\frac{\pi}{2}$は固定されている数であるとして、

$\theta_1+\theta_2=\frac{\pi}{2}$（定数）

$\theta_1+\theta_3=\theta$（変数）

これは、θ_1、θ_2, θ_3の三変数による三変数関数型であるが、一見して、実数的に二変数からなるふたご関数であることが明白である。

ここで、放射線について考える。

結論から言えば、α線、β線、γ線の3放射線の行跡を乗せる二次元平面は、2枚で足りる。

その2枚の平面のうち、1枚をX軸及びY軸（いずれも実数軸）から構成される平面と考え、X-Y平面と名づけることにする。

そうすると、考えるべきもう1枚の二次元平面は、実数軸をもう1本追加することにより（たとえば、それをZ軸としよう）Z-X平面として構想することができる。

以上により、
X-Y平面上の符合を考えることにより、

$$\begin{pmatrix} x & y \\ x & -y \end{pmatrix} \begin{matrix} \alpha\text{線} \\ \beta\text{線} \end{matrix}$$

という2行2列の行列を一つ考えることができる。

もう一枚Z-X平面を考えることにすれば、変数は手前から奥向こうに向かって軌跡を描いているから、

$$(z \quad -x) \quad r\text{線}$$

を成していることが予測できる。

以上より、
$(x\ \ y\ \ 0)$　α線
$(x\ \ -y\ \ 0)$　β線
$(-x\ \ 0\ \ z)$　γ線
という行列が一つ、にじみ出てくることになる。以後、
$(x\ \ y\ \ 0)$　をα行列
$(x\ \ -y\ \ 0)$　をβ行列
$(-x\ \ 0\ \ z)$　をγ行列
と呼び、このα行列、β行列、γ行列の3行から成る3行3列の行列を大行列と呼ぶ。

対数らせん

極座標表示$(r,\ \theta)$で$r=r_0e^{\theta\cot a}$　$(r_0>0)$　により表示される曲線のことを対数らせんと言う（$k=\cot\alpha$として$r=r_0e^{k\theta}$と表記する場合もある）が、この等式において、両辺の対数を取ると、

$$\log_e r = \log_e r_0 e^{\theta \cot \alpha}$$
$$= \log_e r_0 + \log_e e^{\theta \cot \alpha}$$
$$= \log_e r_0 + \theta \cot \alpha \quad \text{——①}$$

ここに、eは自然対数で、r_0も定数と考えれば、$\log_e r_0$ も当然に定数となるから、①の式は、rとθとαとの3つを変数とする関係式と考えることもできる。こう考えた場合、①は、

$$y = k + x$$
$$= x + k$$

という形に変形することができる。

これを観点を換えて、$(r,\ \theta)$の極座標で考えるとすれば、αは定数と考えなければならず、αは当然、定数となる。そうすれば、rとθという2つの変数のみの関数となり、一つの関数型を表現することになる。

この対数らせんという形は、渦巻銀河の形を成していると一般に考えられているから、変数が2つしかない関数（つまり、平面的な関数）と考えるよりは、変数が3つある立体的な関数と考えたほうがよい（そのうち、一つがたまたま0に等しいと考える）。

したがって、三次元における極座標を考えなければならず、その中の1点P$(r,\ \theta,\ \alpha)$

を考えれば、①は、

$\log_e r = \log_e r_0 + \theta \cot \alpha$　——②

となるが、ここで、①の右辺第二項に出てくる α なる文字は、②では α という文字に置き換えられていることに注意しなければならない。

さらに、①の右辺第一項で r_0 を定数ではなく変数として考え直すとすれば、1点Pは、空間座標（r, θ, α）以外に、時間座標（t）にそれを置き直すことにより、②は最終的に次の形に書くことができることになる。

$\log_e r = \log_e t + \theta \cot \alpha$　——③

これはすなわち、空間座標Xと時間座標Yで表現し尽くされた四次元時空での、その一点Pの位置座標相互の間の関係式であると考えるのが妥当である。

さて、今、$\theta = 0$として数論を考えてみよう。

$\theta = 0$であるから、$e^0 = 1$　である。この両辺に今、e^θを掛けると、

$e^0 \cdot e^\theta = 1 \cdot e^\theta$

となり、e^θを公比と考えた場合の等比数列

$e^0, e^\theta, e^{2\theta}, e^{3\theta}$……

を考えることができる。

他方、$e^0=1$　の両辺にe^i(オイラー数)を乗ずると、

$e^0 \cdot e^i = 1 \cdot e^i$

よって、さらにe^iを上記の式の左辺に乗ずると、

$e^0 \cdot e^i \cdot e^i = e^{0+i+i} = e^{2i}$

となるから、

e^0, e^i, e^{2i}, e^{3i}……

という、公比e^iの等比数列（ただし、これは虚数）が成立することになる。

すると、ここで、虚数の等比数列は逆にたどることにして、

……$e^{3i}, e^{2i}, e^i, e^0, e^\theta, e^{2\theta}, e^{3\theta}$, ……

という、虚数から実数へ折れ曲がるような数列を考えることが可能になる。

　xを虚数、yを実数と考えれば、この数列は、虚数列から$e^0=1$という実数の曲り角で直角に曲がってyという実数軸に入っていく数の行進のように見えてきはしないか？

ガロア理論への疑問

今、αとβをある二次方程式の2根であるとしたとき、

$\alpha + \beta = k_0$

$\alpha\beta = k_1$

なる関係を成り立たせる数k_0、k_1が、その二次方程式の根と係数の関係により存在する。

その二次方程式とは、

$x^2 - k_0x + k_1 = 0$　――①

次に、

$\alpha + \beta + \gamma = k_0 + \gamma$

$\alpha\beta\gamma = k_1\gamma$

とすれば、

α、β、γは、次の三次方程式の3根でなければならない。

$x^3 - k_0x^2 + k_1x - k_2 = 0$

$x(x^2 - k_0x + k_1) - k_2 = 0$　――②

ところが①により、αとβの間には、①の関係式が成り立っているから、②は、

$$x\cdot 0-k_2=0$$

$$\therefore -k_2=0 \qquad \therefore k_2=0$$

となって、②の左辺は恒等的に0であるから、②は結局、

$$0=0$$

を示すだけで、そもそも数学のレベルに乗ることはない。以後も同じ手続が繰り返されるだけで、数学のテーマになるほどのものではない。

したがって、二次方程式を基に三次方程式の根を見積もることは不可能であるから、この方法を根拠にして方程式の根を導き出すことは、何の意味をももたらさないものと考えなければならない。

以下、四次方程式にしても何次方程式にしても同じ論法が使えるから、方程式を解くこと自体を停止することのほうがベターであると考えられる。

よって、この解法によっては、三次以上の方程式を解くことは避けたほうがよいという結論になる。

光子爆弾

数学の文字板、すなわち円形の形をなす数字板は子供も知っているように、置き時計や掛け時計である。時計は角度で言えば３６０度、すなわち2πラジアンである。

この2πラジアンを12分割すると、ピッタリ分割しきれて、次のような等差数列を作る。

30°	60°	90°	120°	150°	180°	210°	240°	270°	300°	330°	360°
(1)	(2)	(3)	(4)	(5)	(6)	(7)	(8)	(9)	(10)	(11)	(12)

公差30°の等差数列である。

$$\therefore 30^\circ \times n = a_n$$

であるから、nを1から12の自然数に限れば、その間は一般項をa_nとしたとき、

$$a_n = 30^\circ \times n$$

すなわち、$a_n = \frac{\pi}{6} \times n$　　$\therefore a_n = \frac{\pi}{6} \cdot n$　——①

となる。

電子が同じように同じ方向に同じ角度ずつ回転しているものとすれば、その回転運動に

関する運動エネルギーは、直線運動に関する運動エネルギーの出す数値と同一のはずである(運動エネルギーは、その物体の運動形態に関わらない)から、①の一般項を、アインシュタインの例の算式に当てはめれば、$E=mc^2$であるから、

$$\overset{0}{E}=\sum_{n=1}^{12}\frac{\pi}{6}\cdot n\cdot mc^2$$
$$=78\cdot\frac{\pi}{6}\cdot mc^2$$
$$=13\pi\cdot mc^2$$

となる。つまり、$E=mc^2$で出せるエネルギーの13π倍のエネルギーを出力することが可能であるということになる。

これは、光の持つ光学エネルギーの13π倍の熱線や光線を発する光子爆弾を、工学条件が許せば実際に製造することができる、ということを意味する。もちろん、この爆弾を時限装置にすることも、兵器科学上は可能である。

ただし種々の条件や使用の許諾については、国権の最高機関たる国会に一任するのが妥当であると判断する。

なお、ストロンチウムの原子量は87・62、セシウムの原子量は１３２・９で、原子番号

の1から12までのすべての原子量を加えれば、合計で160・274となる。これがいかなる電子数列になるかは、ハッキリしない。

三進法

今、AI（人工知能）は二進法の電子計算機構が成り立っているが、近い将来、数表記が二進法では足りなくなってくることが予想される。そのときは、数字マスは四個では当然不足するから、三進法に進まなければならなくなる。

もし、科学が三進法に進んだときには、表面に表記される数文字が示す数字の大きさは、次のように表すことができる。

$A=a\cdot3^2+b\cdot3^1+c\cdot3^0$

ここに、数字の種類は、a、b、cの3個となり、この3個の数文字の並び方を変えることによって、さまざまな数（*number*）を表記するということになる。このことを数学上、位取り記数法と言うが、この位取り記数法を使えば、二進法を三進法に変換することも、変換した三進法を、さらにたとえば、七進法に変換することも可能である。

先に、Aという「大きさ」を表すのに、右辺に等しくなるとして、等号（という記号）をはさんで、右辺に降べきの式を書いた。「数」が大きさを表す一つの記号でしかないのは常識であるが、Aという「大きさ」については、二進法においては、各桁の数文字の並び方は、上記のような並び方しかあり得ない。この時だけ、

abc

という数文字の並べ方による大きさ表記が可能となる。このとき、この数字の指し示す大きさは、右記の式の右辺で示される大きさと等しくなり、中味の大きさと一種の「のし」とが等しくなるのである。このことが確認されていなければ、左辺と右辺とが等しいものを扱っているという荷印を押すことができず、納品済みとならないのである。

この扱う数文字の種類を、3種類の3個から、7種類の7個にするにはどのような手順を取ればよいか、という点が問題なのである。

使うことを許可する数文字を、（*a*、*b*、*c*）という三種類から、（*a*、*b*、*c*、*d*、*e*、*f*、*g*）の7種類に変換すれば、三進法から七進法に切り換えることが可能というわけである。（十進法が10個の数文字「0、1、2、3、4、5、6、7、8、9、の10個」を交互に使いこなすことによって計算手続が行なわれていることに注意せよ）

今使われているAIが二進法（0と1の2種類だけを使う）は二進法でも、これをたと

えば3と5の2種類だけを使う、ということにしても、本質的にはまったく同じである。
この場合には、数字は次の4個だけになる。

（33 35 53 55）

の4通りで記述される4個の数字だけが、この二進法の世界では市民権を持つ（赤砂糖の行と黒砂糖の行が計2行、それぞれ上等品と下等品を同じ個数ずつ品揃えしているようなものである。だから、2行2列の行列表のようなものができる）。

ここで、我々の日常生活のことを考えてみよう。

我々は、普段十進法を使っている。十進法では、数文字は10個である。列記してみると、

（1 2 3 4 5 6 7 8 9 0）

であるが、たとえば、

267（表記）

という数は、大きさにおいて、

$267 = 2 \times 10^2 + 6 \times 10^1 + 7 \times 10^0$

が成り立つから、七進法表記での

$a \cdot 7^6 + b \cdot 7^5 + c \cdot 7^4 + d \cdot 7^3 + e \cdot 7^2 + f \cdot 7^1 + g \cdot 7^0$

と大きさの等しい数（これを、ここではBとする）を表現することができることになる。

他方、これが十進法での表記を受けていたものであるとすると、10個の数文字を並べることによって、

$a \cdot 10^9+b \cdot 10^8+c \cdot 10^7+d \cdot 10^6+e \cdot 10^5+f \cdot 10^4+g \cdot 10^3+h \cdot 10^2+i \cdot 10^1+j \cdot 10^0$

（表記は、*abcdefghij*）

つまり、これが数Bなのである。

よって、ある一定の大きさを表すのに、その内容がこわれてしまわないようにして、七進法と十進法の両方の様式で書き分けられれば、ここに、七進法から十進法へ切り換わる道、及び十進法から七進法へ切り換わっていく道、が同時に開けるのである（しかも互いに反対方向の道であるが）。

以上を総合して考えると、次のようになる。

$B=a \cdot 7^6+b \cdot 7^5+c \cdot 7^4+d \cdot 7^3+e \cdot 7^2+f \cdot 7^1+g \cdot 7^0$

（七進法表記に基づく数）

$=a \cdot 10^9+b \cdot 10^8+c \cdot 10^7+d \cdot 10^6+e \cdot 10^5+f \cdot 10^4+g \cdot 10^3+h \cdot 10^2+i \cdot 10^1+j \cdot 10^0$

（十進法表記に基づく数）

すなわち、七進法で表しても十進法で表しても、どちらの方法で表しても、単に位取り記数の方法に関する限りでは、まったく同じ数（＝大きさ、つまり価値量）を反映して表

現することになるのである。ある一定の分量を、ドルで表そうが、円で表そうが所詮同じ大きさを表しているようなものである。

数学的な見方ができる人は、あるいは、

七進法表記に基づく数＝B

B＝十進法表記に基づく数

から、七進法表記より数Bへの道は必要条件を満たす道、十進法表記より数Bへの道は（七進法の道から見れば）十分条件を満たす道と断言するかもしれない。

結局、結論的に言えば、

七進法で表記した　*abcdefg*と

十進法で表記した　*abcdefghij*

とは、同じ大きさを表すことを媒介項にして、すなわち、Bという数（概念としての数）を仲立ちにして、七進法の数＝十進法の数というように、等号で結びつけることが可能となるのである。

この場合の、七個の係数や十個の係数の定め方は、一種の未定係数法であろう。

以上により、この七進法の実体と十進法の実体とは、同じものを表すことが論証された。

十三進法

今、$abcd$ と十三進法の数字があるとする。一見したところ、この表記 $abcd$ で表される数字は、何進法なのかは一切分からない。したがって、その数字がどれほどの大きさを表す数字なのかは、まったく不明である。

一般的には、十進法で表される数字の意味する大きさは、次の形で表される。

$N=a\cdot10^3+b\cdot10^2+c\cdot10^1+d\cdot10^0$

これと同じやり方で、先に掲げた十三進法の数字の意味する大きさを式の形で書き表せば、大きさについては、

$N=a\cdot(10+3)^3+b\cdot(10+3)^2+c\cdot(10+3)^1+d\cdot(10+3)^0$

となる。

ここで $(10+3)^3=2197$

$(10+3)^2=169$

$(10+3)^1=13$

$(10+3)^0=1$

であるから、結局Nの大きさは、

Nの大きさ$=2197a+169b+13c+d$

$=(2\times10^3+1\times10^2+9\times10^1+7\times10^0)\cdot a$

$+(1\times10^2+6\times10^1+9\times10^0)\cdot b$

$+(1\times10^1+3\times10^0)\cdot c$

$+d$

$=(2\times10^3)\cdot a+(1\times10^2)\ (a+b)+(9a+6b+c)\cdot10^1$

$+\{(7a+9b)+(3c+d)\}\cdot10^0$

$=2a\cdot10^3+(a+b)\cdot10^2+(90+6b+c)\cdot10^1$

$+(7a+9b+3c+d)\cdot10^0$

十進法の表記での$abcd$という数の大きさを変えることなく十三進法の表記に到達することができた。

すなわち、十進法の表記では、この数Nは、

$2a\cdot(a+b)\cdot(9a+6b+c)\cdot(7a+9b+3c+d)$

という形の数字の並び方をする、一つの数である。

したがって、これが十三進法の数字を十進法の数字に変換する等式であるということに

なる。

ここで、十三進法を　11＝J　12＝Q　13＝Kという数記号を導入することによって、K＝$2a$と書きながら表すことができるなら、大きさにおいては、十三進法でも十進法でも両者は等しいから、$a = \frac{1}{2}k$

よって、$\frac{1}{2} \cdot 13 = 6.5 = a$

と定めれば、aが大きさにおける6.5に達するたびに、先頭数字は1ずつ桁数が上がっていく。この問題では、この手続を4回続ければ、十進法の数字を十三進法の数字に、または十三進法の数字を十進法の数字に、それぞれ切り換えることができる（湯浅換算法）。ということは、十三進法で書き表された数学を、十進法の数学に書き直すことができるということを意味する。しかも、上記の変形は、同値変形であったので、その逆も成り立ち、十進法で書き表された数学を、十三進法の数学に書き直すことができるということを意味することになる。このことは、AI（人工知能）の運命を一瞬にして変貌させることも可能である、ということである。軍事戦略で用いられれば、敵軍の戦略も一気に引っ繰り返すことが可能だ、ということにもなる。

もしトランプ遊びに利用するなら、J＝11、Q＝12、K＝13と置き換えを行うことにより、ハート組の、スペード組やダイヤ組への桁落ちや桁上がりも十三進法で可能だということになる。

ここで、十三進法で表された数字とは、たとえば、1、2、3、4、5、6、7、8、9、0、J、Q、Kの13個の数字で書き表せるような数を意味する。3Q82といったような数がそれである。（この場合は4桁）

その大きさは、

$N = 3 \cdot K^3 + Q \cdot K^2 + 8 \cdot K^1 + 2 \cdot K^0$　となる。

時計は十二進法の痕跡だと考えられるが、たとえば

N《表記》＝57J96（十二進法）

＝《大きさ》$5 \cdot Q^4 + 7 \cdot Q^3 + J \cdot Q^2 + 9 \cdot Q^1 + 6 \cdot Q^0$　ということである。

西洋のトランプ占いも、何かそうしたことと関係しているのではないか？

eとπと十個の数字を使った十二進法も考えられるだろう。

超音速光線

$E=mc^2$

において、mを原子量、cを光速、vを音速としたとき、

$D=m\times c\times v$

は何を意味するか？

$c\times v$　の部分を「光速の何倍か」あるいは、「音速の光速倍」と考えれば、光速の正比例線及び音速の正比例線を表現することになるのではないか？

光速は約30万km／秒であるから、

$C=3\times10^8$m/秒

で定数。すると、c^2も定数であり、質量数mも定数。

よって、$E=mc^2$は定数であるが、光より速く進む物質はこの世にはないから、ここで出てきた定数を最高限とする速度を出せる物質が、いろいろな意味において重要なモノとなる。そうすれば、世界中で一番速度の速い大陸間弾道弾ＩＣＢＭを創り出せることになる。最高限以内で最高速度を出せる物質を探し出せばよい。

この最速弾道を持った強力な爆弾は、兵器科学において、その発出するエネルギーを y とすると、

$y=mkc$

となる。

これだけのエネルギーを発出したともし仮定すれば、エネルギー収支により、これだけのエネルギーをどこかから調達してこなければならない。そうすれば、エネルギー保存の法則により、まったく等量のエネルギーが順送りされるであろう。必要なエネルギーを確保しようとするとき、その最高枠は、mc^2 ということになる。

ところで、先に見た $y=mkc$ の右辺は mc^2 という定数から派生した定数になるが、これを元素ごとに変化させることができる変数と見ることができれば、与式は、

$y=x\cdot kc$　$(=mkc)$

　$=ckx$

という形に変形できる。（ここに、c と k は、c ＝光速、$k=v$ ＝音速という定数）

すなわち、$y=ckx$

という比例式になる。（$c=3\times10^8\mathrm{m/s}, k=340\mathrm{m/s}$）

x は、元素の周期表の種類により異なる原子量を表すものとすれば、元素ごとの変数で

あることになる。さらに、一定の工学的自由度を許容すれば、

$y' = k'x$　($k' = ck$ 比例係数)

というよく見慣れた一次関数となる。

つまり、兵器科学的には、一定の操作許容度を有する、超音速光線銃が作成可能ということになる。(マッハ光線銃：愛称マッハ)

鏡像の理論

鏡に映るあちら側とこちら側とは、xと$-x$により成り立つ物理的世界である。今、この対称世界をx空間と$-x$空間と考えるなら、x空間には実物が実在し、$-x$空間にはその実像が映っている。x空間には「物」、$-x$空間には「像」である。x空間と$-x$空間とは、その境目に立つ0軸を間にはさんで互いに隣接している。x側と$-x$側とは、その真ん中の0軸で左右に分かれたその両側である。

　x空間の中にある物と$-x$空間の中にある像とは、高さについてはまったく同じである。周りから見ると、x空間の中に映る実像と、$-x$空間の中に映る虚像(実像の虚像)とは、互

いに鏡像である(物理的真実)。

ここで、O軸を中心にして、x半軸と$-x$半軸とを同時にどちらも180度回転させると、回転直後と回転直前の像の位置関係はまったく同一となる。

この事実関係に徴すると、O-X面での虚像（しばらくすると消えていくので虚像と考えられる）が180度円運動をしたのち、静止したものと考えることができる。

ここで、x軸をα軸、$-x$軸をβ軸、o軸をγ軸と考えれば、物理学の問題にとどまらず、数学の問題ともなる。

すなわち、

$\beta=\alpha$　正負いつも互い違い

$\gamma=\gamma$　不変（軸の回転前と回転後とで何ら変わらず）

実像はいずれにしても一つしかないから、実物も一つ、実像も一つで、このペアのあり方はどのようなものが客体になろうと変わりはない。

もし実像の虚像が映っているということがあるとすれば、それは実物から見ても虚像であろう。通俗的な言葉を使えば（実物一つ、実像一つ）以外の、映っているモノはすべてニセモノである、ということになる。

なお、α軸・β軸・γ軸は、3種類の放射線とも何らかの関連性があるかもしれない。

本来の鏡像論はここで終わるが、さらに付随して次のような数学上の問題が起こってくる。

まず、実物と実像以外はすべて虚像であるから、像自体の問題としてのみ考えるならば、最初の実物だけは別扱いにし、実像から写像を考えていく。

最初に視点の置き場所を、実物の位置に置く。

実物から見て、向こうに映っている影像は実像である（第一写像）。

この最初の視点が物理的ないし心理的に0軸にめり込むことがあるとすれば、このめり込んだ時点以前と以後とで、客体たる点の位置が変わる。

すなわち、最初の像の客体たる実物の次の位置を$-p$(実数)とすると、これのみが実像であとはすべて虚像であるから、次のようになる（第二写像以下）。

x軸上の	$-x$軸上の	x軸上の	$-x$軸上の	x軸上の	
P	$-$P $=$Pi^2	P$i^2 \cdot i^2$	P$i^4 \cdot i^2$	P$i^6 \cdot i^2$	……
（実物）	（実像）	（虚像）	（虚像）	（虚像）	……

第一写像（実物〜実像）　第二写像（実像〜虚像）　第三写像（虚像〜虚像）　第四写像（虚像〜虚像）

これは、Pを初項とし、i^2（すなわち-1という実数）を公比とする等比数列である。一般項は、

$$a_n = \mathrm{P}i^{2n-2}$$

となる。

これは、実数Pと虚数iとで作る数列であるから、複素数列と考えることができる。（ただし、$i=\sqrt{-1}$）

ゆえに、この数列を級数としてグラフ化すれば、次の関数型に到達する。

$$\cot(-\theta)$$

これを数式化すれば、

$$\varphi = \cot(-\theta)$$

ということになる。これが鏡像を表す一般式である。ただしθは、実数に限る。この数列を基礎とした級数を複素数級と呼ぶことにする。

なお、$\varphi = \cot(-\theta)$は$-\frac{\pi}{2} < \theta < \frac{\pi}{2}$であるが、両辺を$\frac{\pi}{2}$で割ることにより、

$$-1 < \frac{2}{\pi}\varphi = \frac{2}{\pi}\cot(-\theta) < 1$$

となるから、$\frac{2}{\pi}$ よって $\frac{2}{\pi}\varphi$ は0に収束し、−1を極小値、及び1を極大値として収束するものと考えられる。したがって、φは微分可能であると予想される。

宇宙集合について

宇宙集合について述べる。宇宙集合と言っても、主系列星とかアンドロメダ座大星雲とかの話ではない。宇宙空間自体の話である。

宇宙空間の中に1点を占める私が何秒間か過ぎた後は、どのような位置を占め、元の位置に比べてどのような位置変化を受けて、今の瞬間どのような空間的位置を占めるに至っていたのか、という物理問題に私自身答えることができるだろうか？

広大な宇宙空間内のある1点Pから他の、ある1点Qへ移ったということを一つの数式で表されるだろうか？

そんな器用なことはとてもできるはずがないと大多数の人々が答えるだろう。それが表示する方法があるとした理論がかつて発表された。誰がと言うと、あまりにも有名であるが、アインシュタイン博士である。一般相対性理論と呼ばれる。

今、点Ｐが位置Ｃ（x_0, y_0, z_0）に存在し、時計（腕時計とする）を見た時、針はt_0という時刻を指していたとする。すると当然のことながら、この点（これを「客体」とする）の位置座標は物理的に位置Ｕであり、時刻はt_0という一瞬である。

そして同時に、その点Ｐ（観察客体）を観察している主体（それが人間であるか神であるかを問わない。別に、超人としておいてもよい）の位置座標を考える。すると、時間的には、さっき観察して見た時よりほんの少しだけ時を刻んで進んでいるはずである。なぜなら、観察者の動作からいけば、客体Ｐを見つめてからしか時計針を確認できないから、そのごく短い間であっても時間を食うからである。

これと同じことが次の点Ｑ（次の観察客体）についても起こってくる。

位置Ｕ（x_0, y_0, z_0）に存在した客体Ｐが、Ｕを出発した後、P^1に移ったとすると、ちょうどその時刻に、一定時間だけ遅れて次の点Ｑが出発するという段取りになる。そして、Ｐが（x_0, y_0, z_0）にあったときに比べて時間は$\alpha + \beta$だけ経っていることになる。

これが順送りに宇宙の胎内で行なわれるが、よく見ると、（主体、客体）のコンビが次々と、スピードスケートを競うような形になっている。その都度その都度、主体は直前に立った位置を確認しながら進んで行くような格好になる。この種の連続過程を利用する爆弾もあるが、今は爆弾の話をしているのではないので、その方面の話は一切省略する。

2つのグループ、グループA（主体、客体）とグループB（主体、客体）とで、すべての宇宙空間に生起する因果系列は記述されるので、以上の関係性を数学的にどうとらえるかが、宇宙空間の法則性にとっての問題になってくる。第一因果律に対し、第二因果律、第三因果律……というように連続過程を経過していくからである。ゼノンの逆理のようだと言えば言えるだろう。

今、第一グループにある客体が、t_0時に、その主体と共にU（x_0, y_0, z_0）にあったとしよう。それがα秒経った後には、位置（x_1, y_1, z_1）に来るのだから、このt_1という時刻には、ごくごく短い距離ではあるが、一定時間αを食って位置（x_1, y_1, z_1）にまで進んできている。

この辺の仕儀を図解も含めて記述してみる。観察客体が、t_0時の（x_0, y_0, z_0）からt_1時の（x_1, y_1, z_1）へα秒分だけ進んだとすると、主体自身も同じα秒分だけ進んでいるから、（$t_0+\alpha$）時には、

Pは、　x_0　　y_0　　z_0

　　　↓　　↓　　↓

　　$x_0+\alpha$　$y_0+\alpha$　$z_0+\alpha$

になっていて、時刻は（$t_0+\alpha$）時。

この時刻から、第二の客体の計測が終了するまでにβ秒分進んだとすると、時刻は、$(t_0+\alpha+\beta)$時。だから、

Qは、$x_0+\alpha$　$y_0+\alpha$　$z_0+\alpha$　第1視点のみ

↓　↓　↓

$x_0+\alpha+\beta$　$y_0+\alpha+\beta$　$z_0+\alpha+\beta$　第2視点を含む

のようになる。

つまり、客体と主体とがコンビを組んで2本線を描きながら飛んでいくかのような様相を呈するような形になる。時々、主体が客体の体内から分かれて、透明の鳩時計のように現れては消える、という運動を繰り返す。

客体は、こうして、

x_0, y_0, z_0, t_0

から、x_1, y_1, z_1, t_1

へと変化する。原因系列は結果系列となったのである。

これで因果律を満たす事実が転形し、事実群は一定の事実関係を満たす法則となった。あたかも、公訴事実が犯罪特別構成要件を満たして、刑法の予定する犯罪イメージに合致して訴因を特定し得たかのように。

これらを図示すれば、

空間　　時間
原因系列　$(x_0\ \ y_0\ \ z_0\ \ t_0)$
↓
結果系列　$(x_1\ \ y_1\ \ z_1\ \ t_1)$

という因果運動を宇宙空間は繰り返している。これが、一般相対性理論のおおよその中味である。

以上のような内容に私自身の考えを付け加えるとすれば、この因果系列を2組選び出して相互の比較ができるようにならないかという点と、芸術、特に美術と関連が付けられないかという点である。今、

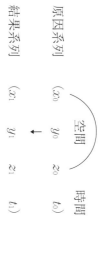

行列O

x_0,	y_0,	z_0,	t_0,
x_1,	y_1,	z_1,	t_1,
x_2,	y_2,	z_2,	t_2,
x_3,	y_3,	z_3,	t_3,

において、色彩赤・青・黄・緑をたとえば、x列は赤色、y列は青色、z列は黄色、t列は緑色のように割り当てるとすれば、行列Oは、空間と時間とによって規定された色合いの世界を現出することになる。すなわち、色立体のごとき色彩宇宙がかもし出されることになるだろう。

私自身は、こうした色彩宇宙を期待していて、実際にそうした宇宙があると予感しているが、今は詳しいことは述べない。

いずれにしても、4色ずつの4グループに配色された点列関数を認識することが、数学上は可能である。

数学的には、16個の元から成る一つの宇宙がそこには存在しているかのような観を呈している。この原稿を書いている私の背中あたりの空気中から、私だけの耳にであろうが、一つの音楽が流れ出してそして消えていきつつある。

それは、バイオリンかチェロのような楽器、それも単独にであるが、一つのメロディーを演奏し、少しばかり鳴奏して消えていった。色彩宇宙は、とうになくなっている。私は、透明の宇宙空間に浮かんでいるような気分である。妻も一緒にである。

私は、素戔嗚尊《すさのおのみこと》なのであろうか？

演歌「松風騒ぐ丘の上……」のメロディーは完全に消え入っている……。曲目は、「古城」という曲であった。

以上で、主体八元と客体八元の、合計十六元から成る群論を終える。

親子楕円関数（ダルマ関数）について

（以下、一つのテーマについて数学的に考えを進めていくとはどういうことか、率直に実例を書き連ねてみよう）

- 離心率 e' ＞離心率 e とする。
- $ee' = k$（定数）なら、両者の対数を取れば、

$$\log(ee') = \log k$$

∵$\log e + \log e^{1} = k$（$\log k = k'$をこう書き直しても事態の本質は変わらない）

と置き直して両辺に虚数・iを掛ければ、

$i\log e + i\log e' = ki$

両辺にθを掛ければ、

$i\theta\log e + i\theta\log e' = k\theta i$（純虚数）

ところで、オイラーの公式は、

$e^{i\theta} = \cos\theta + i\sin\theta$

であるから、このオイラーの公式の両辺の対数を取ると、

$i\theta = \log\cos\theta + i\log\sin\theta$

右辺第1項は実数、第2項は虚数（第1項プラス第2項で複素数）であるが、左辺は純虚数である。

この左辺と右辺が等しくなるためには、右辺第1項は、

$\log\cos\theta = 0$

でなければならない。

∴$e^{0} = \cos\theta$

∴$\cos\theta = 1$

$\therefore \theta = 0, 2\pi, 4\pi \cdots\cdots$

$\therefore \theta = 2(n-1)\pi$

（ただしnは自然数に限る）

これは、θが一周するたびに元に戻ってくること（元の木阿弥という言い方もある）が事実であることを意味する。したがって、

「仏教の輪廻の教え」が真実であることが、数学、したがって科学により証明されたことになる。

数学史の一考察

一般に、$e^x \cdot e^{-x} = 1$と同じように、複素数$Z = a + bi$も$\overline{Z} = a - bi$と組み合わせれば$Z\overline{Z} = (a+bi) \cdot (a-bi)$であるが、これはさらに、

$Z\overline{Z} = a^2 - (bi)^2 = a^2 + b^2$ ……（※）

ここで、aとbはともに実数であるから、ここに極座標を使えば（ただし動径は1とし、偏角θのみを考える）、$a = \cos\theta$　$b = \sin\theta$であるから、

$a^2=\cos^2\theta$　$b^2=\sin^2\theta$

となり、右辺の$a^2+b^2=\cos^2\theta+\sin^2\theta$

ここに虚数は含まれていないから、右辺は1である。したがって、

$a^2+b^2=1$

これを(※)の右辺に代入すれば、

$Z\overline{Z}=1$

が成り立っている。

したがって、最初の$e^x\cdot e^{-x}=1$と組み合わせれば、

$e^x\cdot e^{-x}=1$

　　$=Z\cdot\overline{Z}$

ところが、$e^x\cdot e^{-x}=e^{x+(-x)}=e^0=1$

であるが、これは次の通り、0の価値と同義である。

$0=\log_1$

こうすれば、ここに、0から出発する数列を並べることができる。

$\log_1$　$\log_2$ $\log_3$……$\log_{10}$……$\log_{100}$……$\log_{101}$……

という対数数列である。

$\log_1 = 0$

であるから、初項を0とする一般項

$\log_n$（ただしnは自然数）

という数列、等差数列でも等比数列でもないが、美しい規則性を持った数列である。

この0を第一項とする叙上の対数数列は、対数が常用対数であるか、自然対数であるかに応じて、2種類の対数数列を生み出す。

①常用対数数列（10を底とする）

　0　$\log_{10} 2$　$\log_{10} 3$……$\log_{10} 10$……

②自然対数数列（eを底とする）

　0　$\log_e 2$　$\log_e 3$……$\log_e 10$……

この①と②の数列の違いは何から生み出されてきたのか？

何か数学史に秘密がありそうであるが、パッと見て目に付くのは$\log_{10} 10 = 1$である。

ここに目を付けると、数列①において、区間〔0, 1〕の間の区分された単位が、何に常用されていたのかを推測することができそうに思われる。少なくとも、ある程度目星が付くのではないか？

自然対数が微積分法の発達に伴って出て来た対数であることを考慮すれば、もっぱら商取引に常に用いられてきた10等分とかの刻み方を示唆（hinting）しているのではないか？（過去には対数目盛や対数尺もあったようである）

もし、これが正しい推測であったとすると、自然対数が活躍する微積分の近代社会以前の、たとえば、0が発見されたインドの古代社会でも常用されていたと想像しても、あながち無理な想像ではあるまい。

そうだとすれば、古代経済と近代（ブルジョア）経済とでは、本質的な違いがあるようにも思えない。ただ、単位の取り方や測り方の違いだけで、古代と近代とは全然違うものだと言い切れるのかどうか、疑問が疑問を呼ぶところである。

ガロア理論への疑問　その二

次の五次方程式を考えてみてほしい。

$$\left(x-\frac{2\pi}{5}\right)\left(x-\frac{4\pi}{5}\right)\left(x-\frac{6\pi}{5}\right)\left(x-\frac{8\pi}{5}\right)(x-2\pi)=0 \quad \text{——①}$$

つまり、$x^5+\cdots+k=0$　（ただし、kは既知数）

という形をした五次方程式である。
①は五次方程式であるが既に因数分解されているから、①の形からただちに、この①の根は、$x = \frac{2\pi}{5}, \frac{4\pi}{5}, \frac{6\pi}{5}, 2\pi$ ——②
の5個であることがわかる。

ところが②は、円周一周分を5つに分割したものに等しい。たとえ①の形をしていなくても、五次方程式である以上、上の形になるように変形して持ち込めばよい。

しかも、②は円を定規とコンパスだけで5等分したときに得られる五種類の中心角のそれぞれである。

②は $x = \frac{2n\pi}{5}$ （ただし、$n = 1, 2, 3, 4, 5$）

という、単一の形式を持った形で表現された5つの根である。

つまり、図示すれば、円周が5等分された5分点が五次方程式①の五根のすべてなのである。

このようにして、円周の5分点が①の解答そのものということになる。

先に、ガロアは、「五次方程式は、定規とコンパスを用いる範囲内では解けない」としているが、ここに、定規とコンパス以外の補助手段を一切用いずに解ける五次方程式が見出されたことになる。

これは、ガロアが証明したとされる「五次方程式は解くことができない」とした不可能命題に対する明確な反論となる。したがって、ガロアは途中経過の方法は別として、彼が出した結論そのものは誤りであった。

円の等分された部分体を円分体というが、以上の五分体ではなく、たとえば八分体であれば、次の八次方程式を考えていくことになる。

$$\left(x-\frac{\pi}{4}\right)\left(x-\frac{2\pi}{4}\right)\left(x-\frac{3\pi}{4}\right)\left(x-\frac{4\pi}{4}\right)\left(x-\frac{5\pi}{4}\right)\left(x-\frac{6\pi}{4}\right)\left(x-\frac{7\pi}{4}\right)\left(x-\frac{8\pi}{4}\right)$$

$$=0 \quad \text{——③}$$

この③の方程式の八根は、

$x=\frac{n}{4}\pi$　（ただし、$n=1,2,3,4,5,6,7,8$）

という一般形式を持つ。

ここから、一般的に次のことが言えるだろう。

円分体を成す方程式は、組を成す数（何個で一組かということ）と同じ個数の根を持つ。

ある円周を等分できれば、その等分数と同じだけの数の根を持つ。

ただ、この方法で探索すると、七次方程式において初めて、根を持てない方程式が出てくる（理由は、円周を七等分して ＝0 と置くことができないため）。

ここで十三次方程式を考える。

次数を一次元から考える（一次元空間は点次元、二次元空間は線次元、三次元空間は箱次元とする）のではなく、マイナス六次元から考えるとすれば、

−6 −5 −4 −3 −2 −1 0 +1 +2 +3 +4 +5 +6

という13個の次元を区分して理解することができるはずである。＋《プラス》方向を右、−《マイナス》方向を左とすれば、＋方向6個及び−方向6個並びに零次元空間（点すらもない次元。ここで点とは物理点ではなく、数理点を指す）という13個の次元世界が浮かび上がる。

この13個の次元世界について、変数変換により、次の13個の変数区分に分かつことにする。

$$\underbrace{\frac{1}{x^6}\ \frac{1}{x^5}\ \frac{1}{x^4}\ \frac{1}{x^3}\ \frac{1}{x^2}\ \frac{1}{x}}_{\text{左}}\ 0\ \underbrace{x\ x^2\ x^3\ x^4\ x^5\ x^6}_{\text{右}}$$

ここに、(x, y, 0)の三元による集合→群論へ

$\frac{1}{x^6}=x^{-6}=y^6$	x^6
$\frac{1}{x^5}=x^{-5}=y^5$	x^5
$\frac{1}{x^4}=x^{-4}=y^4$	x^4
$\frac{1}{x^3}=x^{-3}=y^3$	x^3
$\frac{1}{x^2}=x^{-2}=y^2$	x^2
$\frac{1}{x}=x^{-1}=y$	x

$xy=1$　（ただし二変数 x, y は $-1\leqq x, y\leqq 1$ とする。）

また、零次元世界とは、空間内に何ら実体を持たない、空《から》っぽの世界、すなわち、空間

はすべてなく、時間のみがある世界。この時間とは、因果系列の純粋形態を成す。（ひょっとすると、この零次元世界では、温度は絶対零度ではないか？）この空っぽの世界において、ビッグ・バンが発生した。すなわち、宇宙が始まった最初の点（この点を極点と名付ける。何らかの関数の極値の形を取ると考えられる）。

この空っぽの世界は、七次元ごとに出現するので、$x^7 \equiv x^{14} \equiv x^{21} \equiv \cdots \pmod{7}$ と書いておく。

この変数 x とは、$tan\,\theta$ のごとく思われる。この重合七次元で右にも左にも発散し、極値性を持つ関数といえば、$tan\,\theta$（正接関数）しか考えられない。心臓の拍動のように右からも左からも、同時にかつ互いに正反対にペアで動いているとすれば $tan\,\theta$ 以外に $tan(-\theta)$ も同時に機能しているのであろう。

$tan \pm \theta$ のことを考えると、同時に立体的な渦、巻きらせんが目に浮かんでくることも、報告しておこう。

記数法

今、0, 1, 2, 3, 4, 5, 6, 7, 8, 9, J, Q, K, d, r, m, f, s, x, y の20個の数記号を考える。

この20個の数記号で表された一つの数を、

mK8 $= m \cdot 20^2 + \mathrm{K} \cdot 20^1 + 8 \cdot 20^0$

とする時、この数が数列と同じ形式で並んでいるかどうかを検討する。

mK8 $= m \cdot 20^2 + \mathrm{K} \cdot 20^1 + 8 \cdot 20^0$

$\quad = 20^2 m + 20\mathrm{K} + 8$

これ以上は展開できないが、これと同じ数を表記する数字（数表記）があるかどうかをさらに検討する。

前記の数を仮にYとすると、

Y $=$ mK8

$= 400m + 20\mathrm{K} + 8$（二十進法。ここで、$m$、K、8は係数と考えよ）

$= 34 \cdot Q^2 + 18 \cdot Q^1 + 8 \cdot Q^0$（ここでこれを十二進法で書き換える）

$= 4{,}896 + 216 + 8$

＝5,120（これが十二進法での大きさ。ここで、数の大きさが二十進法と十二進法でイコールとなっている）

（つまり、この5,120という大きさを持った数字〈あるいは数記号〉は、二十進法では、mK8であったが、十二進法では、34,188という表記になる。（数の大きさと数記号とは、まったく異なるシロモノである）

以上の理論を用いれば、二十進法と十二進法の間の自由な行き来を切断することになるのでは？（実弾戦の前の情報戦で戦果を得るとか）

ちょっとここで一言。この位取り記数法以外に、等比級数の形で解決することも可能だろう。その方法が発表されれば、上記の方法以外の別解となる。

双曲線関数

$$\tan hx = \frac{\sin hx}{\cos hx}$$

$$= \frac{e^x - e^{-x}}{e^x + e^{-x}}$$

であるから、ここに $x = \pi$ を代入し、

$$\tan h\pi = \frac{e^\pi - e^{-\pi}}{e^\pi + e^{-\pi}}$$

$$= \frac{\sin h\pi}{\cos h\pi}$$

$$= 1$$

と仮定すると　$\sin h\pi = \cos h\pi$

この等式を次の公式に代入すれば、

$\cos h^2x - \sin h^2x = 1$

$\sin h^2x = \cos hx$

であるから、

左辺 $= 0$

右辺 $= 1$

となる。

ゆえに0＝1となるはずであるが、困ったことに実数の範囲では、このようなことは考えられない。したがって、あり得るとするのなら、実数の範囲ではなく、数の範囲を拡張しなければならない。

そこで、右辺の1を$-i^2$（$i=\sqrt{-1}$）と読み替えることにより、

実数(0)＝虚数($-i^2$)

に導くこととなる。

したがって、実数は0において、虚数iに等しい。

これは十分条件的に見れば、複素数の単位数であると考えられる。

ゆえに、ガウス平面における複素数の出発点は、実数0である。

だから、複素数は、0から出発し（ここに、この複素数を$0i$と考えると、$0=0i$となる）、＋《プラス》演算及び－《マイナス》演算が可能となる。

このことは、第三の数が発明されれば、一挙に真の立体座標、したがって「立体幾何学」が成立可能になることを意味する。

著者プロフィール
湯浅 洋一（ゆあさ よういち）
1948年２月４日鳥取市で生まれ、１歳の時より京都市で育つ。
京都府立桂高等学校を経て京都大学法学部卒。
卒業後、父の下で税理士を開業し、60歳で廃業するまで税法実務に専念。
のち、大津市に転居し、執筆活動に入る。
著書に、『普段着の哲学』（2019年）、『仕事着の哲学』『京神楽』（2020年）、『円葉集』『心葉集』（2021年）、『京神楽　完全版』『銀葉集』『和漢新詠集』『藤原道長』『天葉集』『文葉集』『普段着の哲学　完全版』（2022年）、『仕事着の哲学　完全版』（2023年、以上すべて文芸社）がある。

趣味着の哲学

2023年３月15日　初版第１刷発行

著　者　湯浅 洋一
発行者　瓜谷 綱延
発行所　株式会社文芸社
〒160-0022 東京都新宿区新宿１－10－１
電話 03-5369-3060（代表）
03-5369-2299（販売）

印刷所　株式会社フクイン

ISBN978-4-286-25041-0　JASRAC 出 2209096－201